The
Shepherd
of Clouds

袁灿

——

著

牧雲人

牧云的人
扫尘雾，踏祥云
千里骑上伴歌行

APGTIME
时代出版
时代出版传媒股份有限公司
安徽文艺出版社

图书在版编目（CIP）数据

牧云人 / 袁灿著. -- 合肥 ： 安徽文艺出版社，
2025. 1. -- ISBN 978-7-5396-8223-5

Ⅰ．I227

中国国家版本馆 CIP 数据核字第 2024L3M992 号

出 版 人：姚　巍
责任编辑：卢嘉洋　　　　　　　　　封面设计：余聪慧

出版发行：安徽文艺出版社　　www.awpub.com
地　　　址：合肥市翡翠路 1118 号　　邮政编码：230071
营 销 部：(0551)63533889
印　　　制：广东虎彩云印刷有限公司 (0769)85252189

开本：880×1230　1/32　印张：11.375　字数：226 千字
版次：2025 年 1 月第 1 版
印次：2025 年 1 月第 1 次印刷
定价：79.80 元

袁灿，男，汉族，硕士，副教授。笔名：我不是你的唐伯虎、方圆等。

籍贯湖南省临湘市，生于湖北省通城县云溪檀山，长于湖北省武汉市。曾令琪先生弟子，贾平凹先生再传弟子。湖北省作家协会会员，岳阳市文艺评论家协会理事，诗人。《书窗》杂志主编，文化时代杂志社签约作家，汉口学院教学质量管理与评估处处长、教务处副处长。

从十二岁至今发表作品数十万字，作品散见于《诗潮》《长江丛刊》《奔流》《速读》《中华文学》《东坡文学》《经典文学》《今古传奇》《时代作家》等全国百十家报纸杂志及网络平台，出版诗集《千年的月光》《眼睛里溢出的朝阳》等。

翱翔碧海蓝天[1] 点亮最炫目的灯[2]

——袁灿诗歌的别样解读

曾令琪

北宋诗人郑獬《巽亭小饮》曰："世事正如沧海水，早潮才去晚潮来。"人生一世，苦恼多多，古人将其总结为生、老、病、死、怨憎会、爱别离、求不得。当年五柳先生作别官场，遗憾自己那曾经的经历："少无适俗韵，性本爱丘山。误落尘网中，一去三十年。"[3]谁不追求生活的自信，渴慕职业的自主，崇尚心灵的自由呢？所以，我们给蓝色的天空涂上缤纷的色彩，我们于广袤的大地上放牧心灵的群羊，我们将热恋的倾诉化为轻柔细语，我们把跳动的文字化作空灵的诗行。

如今，在这个喧嚣的世界里，诗歌如同一股清流，润泽着人们的心灵。青年诗人袁灿的诗集《牧云人》，便是从这股清流中飞溅出的浪花。其浓浓的氛围、弥漫的诗意，让我深深地陶醉。

---

1 袁灿：《牧云人·奔跑的云朵》。

2 袁灿：《牧云人·天空的底色》。

3 陶渊明：《归园田居·其一》。

一、笔下的家国之恋：江水在父辈的脚印里奔走 [1]

《牧云人》这个书名，本身就蕴含着诗意。它让人想起那些在云端自由翱翔的身影，以及他们对天空的热爱和向往。袁灿便是这样一位牧云人，他用自己的笔触，捕捉着生活中的点滴美好，将它们编织成一首首动人的诗歌。其中，家国情怀是《牧云人》中的一个重要内容。

一个人的成长，与家的关系最为密切，特别是袁灿这样少年时期即开始写诗的人。正如袁灿自己所说："十几岁时，我便执笔写诗。父母给我创造了一个温暖的天地，让我可以自由地读书、写作，追逐繁星，'向生向自由，向爱与执着'。我的父亲袁泉先生亦是我文学路上的启蒙导师，从记事起，他就是一位敏而好学、孜孜不倦的诗人、作家。" [2] 由于深深受到其父的影响，熏陶渐染之中，袁灿爱上了文字，并结下了深深的文学之缘。一首首诗歌跳动炽热的音符，一部部诗集闪耀心灵的光辉，让我们看到一个历经三十余年人生的摸爬滚打而坚持不懈、努力向上的行吟诗人的身影。

在袁灿的笔下，"空荡的屋子住着母亲 / 偌大的村庄住着风 // 疯长的不止是思念 / 还有，那些拦住去路的草 / 像

---

1 袁灿：《牧云人·往事，就像一场电影》。
2 袁灿：《牧云人·后记》。

一堵堵墙"[1]。故乡的亲人让他思念，故乡的一切让他梦绕魂牵。时移势易，那熟悉的池塘，早已被淤泥填满；儿时的天真、烂漫，全都化作了一片既清晰又模糊的记忆；儿时眼中偌大的池塘，如今却再也盛不下从前那些清澈的记忆了。诗中，"空荡的屋子"和"偌大的村庄"两个意象形成鲜明对比，凸显出人的孤独和乡村的冷清。作者以"风"作为村庄的"住客"，赋予风以生命和存在，营造出一种空旷、寂寥的氛围。而"疯长的不止是思念"这个意象，则直接表达了强烈的思念之情，这种思念如同野草般无法抑制地生长。用"拦住去路的草像一堵堵墙"这一形象的比喻，象征思念的沉重和无法轻易跨越的阻碍，进一步强化了情感的深沉和无奈。这样的诗，语言简洁而富有张力，寥寥数语便勾勒出一幅孤寂、思念的画面。"疯长"一词，将思念具象化，使其更具冲击力。这样的诗，通过独特的意象、深沉的情感和生动的语言，描绘出乡村的荒凉和对亲人的深切思念，给读者留下深刻的印象，让我们感受到一种深沉的孤独和无尽的眷恋。

在袁灿看来，"江南的烟雨／临摹不出北方的海／千万里的风／翻山越岭来到我梦里／思潮起起落落／心绪，几许黏稠与咸湿"[2]。这样的诗，以简洁而富有张力的语言，构建了一个跨越地域的情感世界。通过"江南的烟雨"和"北方

---

1 袁灿：《牧云人·回乡偶书》。
2 袁灿：《牧云人·北方的海》。

的海"的对比，营造出一种遥远而又相互牵引的氛围，暗示着内心深处对不同风景和情感的向往与追寻。"烟雨"和"海"这两个意象，具有鲜明的特色，容易引起读者更多的联想。江南烟雨的迷蒙细腻与北方大海的辽阔苍茫，形成鲜明对照，增加了诗歌的层次感和丰富度。风"翻山越岭来到我梦里"，赋予风以人的意志和情感，仿佛是远方的呼唤或者思念的传递，使抽象的情感变得具体可感。

这样的作品，在《牧云人》中还有很多。由家国之恋构成的是一种深植于心、入于骨髓的情怀。这种情怀，可以是自由奔放、旷达豪放的，如王翰《凉州词》的"醉卧沙场君莫笑，古来征战几人回"；也可以是意境开阔、满目苍凉的，如范仲淹《渔家傲·秋思》的"人不寐，将军白发征夫泪"；还可以是沉痛悲壮、沉郁顿挫的，如辛弃疾《水龙吟·登建康赏心亭》的"栏杆拍遍，无人会，登临意"。当然，这种情怀也可以是哀而不伤、委婉多致的，如袁灿这样的表达。

与那些炽烈、奔放的诗人不同，袁灿是一个性格腼腆、十分内秀的人。他往往于不经意间，随手摘下一段老旧的时光，和上自己那浓浓的情感，在夏日的雨水中慢慢漂洗，直至记忆发白。也许这时，有远古的风声隐隐呻吟，有门前的夏花依然灿烂。家耶？国耶？一切都在时光的熔炉中，渐渐化作汩汩流淌的血液，变成一个个方块的汉字。袁灿涉过父辈的江河，携带着自己的情感，如鲛人一般，在朦胧的月光之下，在飘浮的白云之间，轻抚琴弦，如泣如诉地奏出如歌的行板……

二、眼中的山川之美：让云朵泛起道道霞光 [1]

自有诗歌以来，美丽的山川景致便是诗人眼中的"尤物"。无论是《诗经》的"昔我往矣，杨柳依依。今我来思，雨雪霏霏"，还是诗仙李白的"三山半落青天外，二水中分白鹭洲"，莫不如此。不过，虽然"山川之美，古来共谈" [2]，但在不同的诗人眼里，却有不同的风景、不一样的美丽。

比如，"抖落一肩星光／于满眸清凉的晨曦中／缓缓步入／那一汪幽蓝的心扉／在一弯温柔如枕的滩头／聆听——／你美妙轻匀的呼吸" [3]。这一节，作者运用了"星光""晨曦""幽蓝的心扉""温柔的滩头"等一系列充满诗意和浪漫的意象，营造出了一个如梦似幻、优美宁静的意境，让人仿佛置身于一个神秘而美好的世界。"抖落一肩星光"，"抖落"一词生动形象地描绘了星光的动态之美，仿佛星光是可以被轻松摆脱的轻盈负担。"满眸清凉的晨曦"中，"满眸"强调晨曦充满视野，"清凉"一

---

1 袁灿：《牧云人·我打碎了夕阳》。

2 陶弘景：《答谢中书书》。

3 袁灿：《牧云人·致云溪湖——致云溪之七》。

词则给晨曦增添了独特的触感。"缓缓步入／那一汪幽蓝的心扉"，将心扉比喻成一汪幽蓝之所在，充满神秘和深邃的意味，"缓缓步入"则体现出小心翼翼和探索的姿态。这一节文字充满了温柔、宁静和深情。通过对这些美妙景象的描绘以及在滩头聆听呼吸的细节描写，传达出对某种美好存在的向往、亲近和珍视。语句长短错落有致，舒缓不促，仿佛是在轻轻地诉说内心的情感，给人以平和、优美的感受。这一节文字，以其独特的意象、优美的语言和深沉的情感，展现了一幅令人陶醉的画面，让读者在阅读中感受到一种宁静而美好的情感体验。

再如，"一场春雪／续写了冬的余韵／／二月，站在料峭的风中／许下清清白白愿景／／筹备已久的花事／被戏剧性地设下悬念／／我相信，这神来之笔／必定能触发更多意外的惊喜／／酝酿精彩绝伦的剧情／呈现一幕改天换地的壮景"[1]。这首诗，以"一场春雪"为主题，通过春日下雪这一独特的现象，展现了季节交替时的奇妙与变幻。"春雪"这一意象既延续了冬的韵味，又为春天的到来增添了一份意外和惊喜。开篇，"一场春雪，续写了冬的余韵"，简洁而生动地描绘出春雪与冬的联系，让人的脑海中浮现出冬春之交的画面。"二月，站在料峭的风中，许下清清白白愿景"，将二月的寒风与春雪的洁白愿景相结

---

1 袁灿：《牧云人·春雪》。

合，营造出一种清冷而又充满期待的氛围。诗人对春雪的态度是积极和期待的，相信它能带来"更多意外的惊喜"，"酝酿精彩绝伦的剧情"，表现出对自然变化的欣然接纳、对美好未来的坚定信念。全诗运用拟人手法，如"筹备已久的花事，被戏剧性地设下悬念"，赋予花事以人的行为和情感，增加了诗歌的生动性和趣味性，语言优美，富有节奏感。"清清白白""精彩绝伦"等词语的使用，增强了诗歌的表现力和感染力。或许，在春雪的覆盖下，所有沉睡的希望正悄悄苏醒？或许，希望的种子在耐心地等待阳光穿透寒冷，从而适时地绽放生命的绚烂与蓬勃？这首诗以独特的视角和优美的语言，描绘了春雪带来的意外和期待，展现了大自然的神奇与美妙，表现了诗人对生活的热爱、对未来的憧憬。

几乎所有的诗人，莫不憧憬"风烟俱净，天山共色，从流飘荡，任意东西"[1]式的无拘无束、自由自在的生活。景与情共，情由景生。优秀的诗歌，总是离不开诗人真挚的情与爱，离不开情与景交相融合。只要心中有爱，出口即是好诗；只要心有桃源，何处不是远方？刘勰《文心雕龙·情采》云："水性虚而沦漪结，木体实而花萼振。"又云："昔诗人什篇，为情而造文；辞人赋颂，为文而造情。"由此观之，无论诗文，都要求作者真挚的情感在

---

1 吴均：《与朱元思书》。

先，五彩的文字在后。在世风矫揉造作的当下，秉持"为情造文"的理念，就是在践行白居易"感人心者，莫先乎情"[1]的为诗主张。袁灿和他的诗句一样，风里来，雨里去，虽然飘若浮萍，无依、无靠、无根，但"明明身不由己／偏偏像极自由"[2]。他一路风雨，一路坚持，理想就像种子一样，他的追求也无怨无悔，"种子在黑暗里囚禁／太久／对光的渴望／是生命至上的诉求／爆发洪荒之力／打破魔咒／追寻明亮的自由"[3]。虽然怅惘，虽然落寞，虽然很多东西无法言说，但我们的诗人却上下求索，矢志不渝。这样的抒情主人公，给读者传递的，永远是一种积极昂扬的精神。阅读袁灿诗集《牧云人》，我对此感慨尤深。

三、心头的辗转之思：让思念化成透明的水[4]

王国维曾说："文学之事，其内足以摅己，而外足以感人者，意与境二者而已。……故二者常互相错综，能有所偏重，而不能有所偏废也。文学之工不工，亦视其意境之有无与其深浅而已。"品读诗集《牧云人》，我最欣赏袁灿抒发个人情感而有所思的"情诗"。这些诗，不一定

1 白居易：《与元九书》。

2 袁灿：《牧云人·云的独白》。

3 袁灿：《牧云人·天地清明》。

4 袁灿：《牧云人·当我想你的时候》。

完全是男女情感的表达，也可能表达的是追求理想而不得的情感，但往往都情与理皆善，意与境俱美，给人以深刻的印象。

试看："指尖跳动，方寸之间／却是彼此最辽阔的天空／心音绵绵不绝／无声，胜过千言万语""指尖上缠绕着春风／将心花之香／一丝丝，一缕缕／系上思念的翅膀／飞越山高水长／为你送去一窗温馨的月光"[1]。

这里所选的是该诗开头、结尾的两节文字。这里，作者以"指尖"为核心意象，营造出了一个充满温情和浪漫的意境。指尖的跳动仿佛承载着无尽的情感，在方寸之间开辟出辽阔的天空，这种对比极具张力，展现了情感世界的广阔与深邃。"春风""心花之香""思念的翅膀""温馨的月光"等一系列美好的意象，共同构建了一个温馨、柔美的氛围，给人以温暖和慰藉。这两节诗，情感真挚而缠绵，通过对指尖传递情感的描绘，表现出深深的思念和无尽的牵挂，无声胜有声的表述更凸显了情感的深沉和内敛。最后将思念化作月光送去，这种浪漫而直接的情感传递方式，让人感受到作者的一片深情。语言优美、灵动，运用了比喻（"将心花之香／一丝丝，一缕缕／系上思念的翅膀"）、对比（"指尖跳动，方寸之间／却是彼此最辽阔的天空"）等修辞手法，增强了诗歌的表现力和感染

序

---

1 袁灿：《牧云人·送你一窗月光》。

力。用词精准且富有诗意，如"绵绵不绝""飞越山高水长"等语句，生动地展现了情感的延续和跨越距离的力量。

再看："一万次的远行，于风／不过是奔波的一生／那一片路过的云朵啊／也曾，或笑或泣／剪辑一段烟雨飘摇的过往／祭奠病逝的河流／／当茅叶锈蚀成一支斑驳的箭／那潭望穿星空的秋水／坍塌成一滴凛冽的眼泪／淹没了灼热的火把／手中弓老弦陈／我射不下来那声凄婉的雁鸣／／秋来，不经意间的落寞／守着一纸弱不禁风的文字／说来话长／／"[1]。

这首诗中，诗人营造了一种悠远、深沉而略带忧伤的意境。通过"一万次的远行""奔波的一生""烟雨飘摇的过往"等表述，展现出人生路途的漫长与沧桑。以自然景象如云朵、河流、秋水、雁鸣等为依托，增添了诗歌的空灵与凄美之感。"风"象征着永不停息的奔波与无常，"云朵"的或笑或泣赋予其情感色彩，"茅叶锈蚀成的箭""望穿星空的秋水""坍塌的眼泪"等独特的意象，生动地表达了诗人内心的愁苦与无奈。"雁鸣"通常象征着离别的愁绪或孤独的呼唤，进一步烘托了诗歌的感伤情绪与落寞氛围，很好地表达了诗歌的主题。同时，整首诗流露出一种深沉的落寞与惆怅。对过往的追忆，对逝水流年的感慨，以及无法掌控命运的无奈，都蕴含在字里行间。从"祭奠

---

1 袁灿：《牧云人·秋来，不经意间的落寞》。

病逝的河流""淹没了灼热的火把""射不下来那声凄婉的雁鸣"等诗句中，可以感受到诗人内心的痛苦和失落。语言优美而富有诗意，用词精准且形象。如"锈蚀""斑驳""坍塌"等词语，增强了诗歌的感染力和表现力。诗句长短错落有致，节奏富有变化，增强了情感的起伏和张力。结尾的"说来话长"四字，如同国画中的"留白"一样，留给读者很大的想象空间，可谓"言有尽而意无穷"[1]。这首诗，探讨了人生的无常、命运的不可捉摸以及时光流逝带来的沧桑感，具有一定的哲理和思考的深度。同时以其独特的意象、深沉的情感和优美的语言，给读者带来了一种惆怅凄美而又令人沉思的阅读体验。

现代著名美学家宗白华先生论中国古代绘画时指出："实先由形似之极致，而超入神奇之妙境也。"[2]自古诗、书、画关系密切，三者之间互相借鉴，你中有我，我中有你。古人论诗，要讲意象与意境，意象略高于形象，更含有主观情意，它是在取境与形象的基础上逐渐形成的。《文心雕龙·神思》就曾强调："独照之匠，窥意象而运斤"，与现在所说的"意象"接近。"意"与"象"是两个要素感应、交融、契合的产物，意象是主观情志与物象交融互渗的产物，是诗人传达情感、表达思想、升华意志的基本

---

1 严羽：《沧浪诗话·诗辨》。
2 宗白华：《艺境》。

方式。袁灿的《牧云人》中，很多意象是完整、和谐、优美的。

除此，情感之纯真，思想之入定，诗句之跳脱、通透、灵动，哲理之引人深思，这些都是《牧云人》较为明显的特点。总之，袁灿的诗，既有对大自然的赞美，也有对人生的感悟；既有对故乡与亲人的思念，也有对理想与情感的追求。他的文字简洁、灵动而深刻，如同一股清泉，流淌在读者的心间。在他的笔下，一朵花、一棵草、一片云，都有着独特的生命力和特别的情感。同时，袁灿的诗中也不乏对社会现实的关注和思考。他用自己的方式，表达着对真、善、美的追求，表达着对生活的热爱、对未来的期待。

《牧云人》是一部充满诗意和思考的作品。它展示了袁灿作为一位诗人的才华和独特的视角，也让我们看到了诗歌的力量与魅力。希望更多的人能够读到这本诗集，感受诗歌带来的美好、阅读的愉悦、内心的感动。真诚地希望青年诗人袁灿，春天，吟唱"我的桃花开时，你的窗前堆满了雪"[1]；夏夜，仰望天空，"用微笑，用深情 / 亲吻—— 满天的星辰"[2]；秋暮，俯瞰大地，"举起悲悯的目光 / 接纳草木最后的虔诚"[3]；冬日，围炉夜话，"雪花铺满川野 / 让往事归零 //"[4]。更希望袁灿自由翱翔于碧海蓝天，

---

1 袁灿：《牧云人·北纬30°》。

2 袁灿：《牧云人·牧云人》。

3 袁灿：《牧云人·暮秋黄昏》。

4 袁灿：《牧云人·雪日》。

用真情点亮最炫目的灯，让自己的理想，如同"每粒种子，都将长出温柔的诗句"[1]，写出更多、更好的作品。

　　是为序。

2024 年 7 月 13 日，星期六，于西都长乐居

　　（曾令琪，中国作家协会会员，四川省散曲学会副会长，四川省社科院特约研究员，《大中华文学》杂志总编。）

---

1 袁灿：《牧云人·冰与火》。

目
录
CONTENTS

第一篇　眠云卧石之牧云篇　　　**001**

牧云人　　　　　　　　　　　　003

风　　　　　　　　　　　　　　005

雨　　　　　　　　　　　　　　006

雷　　　　　　　　　　　　　　008

电　　　　　　　　　　　　　　009

云　　　　　　　　　　　　　　011

云的独白　　　　　　　　　　　012

麻雀　　　　　　　　　　　　　013

晴空　　　　　　　　　　　　　014

假如，我是一只小鸟　　　　　　015

不爱江山爱美人　　　　　　　　017

狼图腾　　　　　　　　　　　　019

遥远的海　　　　　　　　　　　021

我来人间一趟 022

心之痕 024

来日方长有多长 025

写诗的男人 027

孤独的境界 028

享受孤独 029

天空之神 030

苔衣 031

听草 033

问心 034

枣树——致云溪之五 035

云溪湖——致云溪之六 037

致云溪湖——致云溪之七 039

山那边 041

天空与飞鸟 043

交叉点 045

天空的底色 046

绕指柔 048

月亮是一面镜子 049

在湖边 050

默与契 051

领地 052

成器 053

风尘 054

造梦 055

海鱼 056

赎 057

虚实 058

我的眼睛 059

写给一朵云 060

石头 061

无声 062

两半 063

慰 064

从此 065

双标 066

纯粹的诗歌 067

奔跑的云朵 068

鹰者 069

请叫我公子 070

唇语 071

云哟 072

夜莺 073

第二篇　菡萏向阳之思念篇　　**075**

如果，思念有声 077

雨中 078

夏日思怀 080

让我轻轻叩响 081

有没有一种可能　　　　　　082

碎念如诗　　　　　　　　　083

皓月当空　　　　　　　　　085

思念是一条河　　　　　　　086

偷心　　　　　　　　　　　088

我只是想你了　　　　　　　089

情阑珊，意阑珊　　　　　　090

我不说　　　　　　　　　　091

心跳的回声　　　　　　　　092

就这样尽情地想你　　　　　093

遇见　　　　　　　　　　　094

浅笑如水　　　　　　　　　095

请你不要想我了　　　　　　096

读你的诗　　　　　　　　　097

蝶衣　　　　　　　　　　　098

我愿是你手中的一缕烟火　　099

背影　　　　　　　　　　　100

匕首与玫瑰　　　　　　　　101

致海子　　　　　　　　　　102

当我想起你　　　　　　　　104

星星与玫瑰　　　　　　　　105

北纬30°　　　　　　　　　106

让春天代表我　　　　　　　107

予酒　　　　　　　　　　　108

雨本无心　　　　　　　　　109

女士，写给你的诗   110

第三篇　昨夜梦乡之过往篇   **111**

往事，就像一场电影   113

忆   114

送你一窗月光   115

问雁   117

碎影   118

一川雪   120

向晚   121

日夜   122

童年   123

念及过往   124

清风扬   125

让心飞   126

春夜如溪   127

今夜，我与月亮   128

人间   129

夜色   130

我的枫桥   131

残竹   133

如果，可以   134

冰与火   136

落寞的诗人   137

清风往事 138

晚安 139

七夕夜话 140

俩毛 141

当我想你的时候 142

南山南 143

最好的年纪——致 Miss X 144

如果，夜是一条河流 145

错觉 146

止步 147

有一位姑娘 148

跟往事干杯 149

月夜 150

月之眸 151

桃花般盛开的姑娘 152

无言苦 153

想你 154

年华错 155

透明的夜 156

往事 157

难言之隐 158

岁月章回 159

流落 160

多情剑客无情剑 161

逃 162

第四篇　四季轮回之季节篇　　163

初夏　　165

浅夏，最是温柔　　166

端午·渡　　167

春之恋　　168

遇秋　　170

秋影　　171

风之吻　　172

那雪　　173

致夏　　174

雪日　　175

暗示　　176

你不必对我说　　177

无端地伤感　　179

天地清明　　180

春天的故事　　182

春雪之早，冬雪之迟　　183

春雪　　185

秋之禅　　186

暮秋黄昏　　187

春晓　　188

若是春风，何须表白　　189

水火　　190

清明雨　　191

时间，时间　　　　　　　　　　192

若　　　　　　　　　　　　　　193

写秋　　　　　　　　　　　　　194

静默的眼睛　　　　　　　　　　196

思念的尽头　　　　　　　　　　197

一叶秋意　　　　　　　　　　　198

秋来，不经意间的落寞　　　　　199

四月，许一个愿望　　　　　　　200

远方　　　　　　　　　　　　　201

独白　　　　　　　　　　　　　202

我打碎了夕阳　　　　　　　　　204

杨花又起　　　　　　　　　　　205

三月局　　　　　　　　　　　　206

深浅之谧　　　　　　　　　　　207

无你不欢　　　　　　　　　　　208

第五篇　咫尺天涯之故人篇　　　209

今夜，请允许我路过你的梦　　　211

回乡偶书　　　　　　　　　　　213

我站在深秋望故乡　　　　　　　214

近乡情更怯　　　　　　　　　　216

秋月　　　　　　　　　　　　　218

辞秋　　　　　　　　　　　　　219

如秋　　　　　　　　　　　　　220

秋心 221

我的廊桥 222

夕阳之怀古 224

冷月无痕 226

孤烟 227

回眸 228

沧海蝶 229

笙箫默 230

你知道的和你不知道的 231

夜色中的马达声 233

笑而不语 234

你的美 235

风景 236

街角的小摊 237

无尽处 238

暖阳 239

致奥黛丽·赫本 240

一个不相干的人 241

空心 242

无声的呼喊 243

半窗光阴 244

你的 245

起风了 246

北方的海 247

如果，世界能够折叠 248

你啊 249

红尘烈 250

暮色稻香 251

韵湖秋 252

冷月千山 253

望天涯 254

灵魂的纬度 255

黎明的风 256

一个人的酒 257

既然 258

秋白 259

风语 260

清欢 261

承欢 262

第六篇　一念花开之祝福篇　 **263**

花之物语 265

栀子花开 266

当我向你挥手时 268

最是难忘 270

一道光 272

故乡的路 273

那只蝶 274

我的花儿 275

白羽 276

梅林幽香 278

有一种快乐 280

风月 281

只为，人间有你 282

丁香花 284

流星 286

平凡的世界 287

我是山 289

菊 290

致木芙蓉 292

争执 293

日子 295

花与人 297

秋丁香 298

栀子花又开 300

你的美，我懂 301

清风明月 302

回响 304

契约 305

止水 306

以青春之名 307

做最好的自己 308

吻 309

鸟语忘忧 310

我有一本书（一）   311

我有一本书（二）   312

躲闪   313

无花   314

茉莉   315

春华   316

浪花的旋律   317

瘦菊   318

有时   319

妙空   320

饮马   322

放生   323

风轻轻地吹   324

桃花开时   325

岁月如歌   327

王的背影   328

轻轻   329

梦随云起——《牧云人》后记   **331**

第一篇　眠云卧石之牧云篇

追逐水草，向生
向自由，向爱与执着
一路锲而不舍
用汗水，用泪光
浸泡——沿途的风景

牧云人

执笔作挥鞭
驱赶，天空的羊群
风拂过草原
心儿，响起马蹄声

春已过
花空瘦
夏雨泛滥了湖水
我的羊群
跟随时光迁徙

追逐水草，向生
向自由，向爱与执着
一路锲而不舍
用汗水，用泪光
浸泡——沿途的风景
用微笑，用深情
亲吻——满天的星辰

牧云的人

扫尘雾，踏祥云

千里驹上伴歌行

2023 年 6 月 1 日 于云溪湖

风

扬起我的骄傲与你相向，用
奔跑的速度或沉稳的重心来抵消无形的推力

世人多喜欢或习惯顺势而为
当然，这取决于各自的目的与方向
我更执迷与你直面的感觉
让发丝如云一样飘飞，满足自由幻想

作为季节的先知，我
叹服你一往无前的勇气和决心
山川与江海，总能轻松拿捏
却又，能甘愿拜伏在一朵花的温柔乡里

从一枚籽芽的启蒙到寻根
以及，夜雨的伴唱，秋水的和弦
雪原疾驰的马蹄，更有，掠过落日的沙鸣
你是时光与生命的见证者

一生浪迹天涯
铁血是你，柔肠也是你

雨

起风了，云聚拢过来
酝酿一种情绪，驱赶匆忙的鸟群
天色渐暗，草木烦躁不安
归家的脚步还在路上
雨从高处滚落，将地面
一砸一个坑

一面被撕裂的镜子，咔吱作响
刺眼的光从缝隙中漏出来
烫穿了压抑的心情
愤怒的天空，将气场完全打开
那些饥渴的河流屏住呼吸
村庄与稻田，用沉默应对命运

何来委屈？这难道不是老天的怜悯
慈悲之泪，足以拯救干涸的生命
布雨的仙子要在人间织出繁花似锦
助天降甘霖
洗涤众生心头的垢与尘

我双手合十

拜祈——

赐民粟米，风调雨顺

雷

一定是最难渡的劫，才招来这万钧雷霆
穿透遥远的辽阔
捍卫天道人伦，庇佑人间烟火

你若为妖，可是我千年前放生的白狐
许三生的愿，用命来还
为偿那穿肠的苦
何惧这斩妖的剑
奈何桥上摔碎的碗
身死道消，无悔无怨

我终是百无一用的书生啊
就算洒泪如雨，也，求不得老天垂怜
如能许我，重返当年剪烛西窗
绝不让功名染指，唯愿与你男耕女织

祈天庭金戈偃息，人间乱平
可否？与我
不问世事，归隐山林

电

神秘的引力，来自虚缈的时空
碰撞，无非有两种结果
要么毁灭，要么重生
那耀眼的光芒，注定，是一场赴汤蹈火的悲壮

金戈沉寂于远古的战场
我的马，破空而来
踏平八万里苍茫
长缨在手，气吞山河
威慑，人世间的魑魅魍魉
用我的血，我的命，我的光
捍卫天地正气

莫说英雄气短，有道是儿女情长
决绝的背后，是一种别无选择的担当
不求轰轰烈烈，也要，坦坦荡荡
不让你看见我满身的伤
只想告诉你——
狂风暴雨中我有多么坚强

亲爱的，看着我眼睛

四眸相会，心醉神迷

牧雲人

云

传说中有山神水神火神风神雷神，还有
四海的龙王
我很好奇你明明在天上俯瞰众生，却
没有被冠以神的称谓

我只是在一首唐诗里一睹你飘逸的风采
卷曲或舒张，浓稠或淡泊
皆是让凡俗仰望而莫及的存在

由此，我便从一滴雨的坠落，推导
出你的前世今生，劫难成就慈悲
因果注定轮回。比如，这地上的无根之水
以塘堰以江河以湖海而容身
或静默，或奔腾，或咆哮

而你，是置身万丈红尘之外的魂魄
如山如海如飞禽如走兽如泥胎如仙佛
一墨一宣由风执笔
万物有灵，皆入幻境

云的独白

从来，都是供人描述
在文字里翻来覆去
被贬低
被赞誉

我是沧海桑田的巫山云雨
我是天涯海角的云卷云舒

风里来，雨里去
终其一生
做了那无依无靠无根之物
明明身不由己
偏偏像极自由

远近是我，高低也是我
浓淡是我，黑白还是我

牧
云
人

麻雀

真羡慕一只麻雀
它拥有我无法拥有的快乐
简简单单的日子
没心没肺地叽叽喳喳

不做远赴天涯梦
不争迎风摇摆枝

一巢一侣，一恋一生

注：2022 年 10 月 23 日与尹总、张总到梁子湖钓鱼。晚秋的暖阳下，我们坐在宁静的湖边，边晒太阳，边聊天，边钓鱼，很是惬意。几声叽叽喳喳的麻雀声从身后传来，我转过身去，天空中，一只麻雀飞过，它是那么渺小，又是那么自由快乐。

晴空

天
一如眸的清澈

风，路过楼顶
挟一片云
招摇而去

我和树站在一起
把影子
轻轻放在地上

将目光
高高举过
头顶

假如，我是一只小鸟

每当仰望无垠而蔚蓝的天空
心中都会情不自禁地生出无穷的想象
想云朵为什么流浪，想鸟儿为什么飞翔
想雨滴和雪花为什么会来自天上
还有那看不见的风为什么热衷于东游西逛
就这样，我的思绪如脱缰的野马
于茫茫的苍穹疾驰往复

假如，我是一只小鸟那该多好
就能无拘无束自由自在地去寻找梦想
在洁白的云朵上筑巢
在怒放的花海中尽情地歌唱
于每一个太阳升起的早晨
飞到你的窗前呼唤你走出昨夜的梦乡
看呀！多么明媚的阳光
将一束希望的火种在眼中点亮

我愿意做这样一只快乐的小鸟
为你带来单纯的美好时光
不再于拥挤的人海中跌跌撞撞

不再为前路漫漫而迷茫
用我的翅膀载着你的心儿在高空翱翔
看清道路与未来的方向
把所有美丽的风景悉心收藏
让梦与爱，一路相伴四季花香

牧云人

不爱江山爱美人

题记：与其做个无情的帝王，我宁愿做个多情的才子

若无帝王之心
怎会如此多情
江山美人，尽揽入怀
扬鞭策马处
豪气直冲云霄

封你为后，可好
母仪天下
赠春花秋月
一枝独秀不败

万里风云与日月
看大千世界
旧城宫阙为土埋
多少风流事
笔下千年仍出彩

来，来，来
勿谈家国兴衰
把酒言欢有卿即开怀

狼图腾

我是一匹行走于尘世的孤狼
獠牙与眼眸都闪着寒光
我在这钢筋水泥的丛林里流浪
时常迷失方向，时常辘辘饥肠
远离了亲人与故乡，我小心翼翼，处处提防
那隐蔽的陷阱，冰冷的猎枪
还有，巨大且无形的网

我在异族的领地惶惶求生
为一口果腹之食不得不效仿狗的模样
夹起尾巴把獠牙深藏
受尽欺凌，也不让泪水滚落眼眶
我是一匹孤狼，要想生存就得学会伪装
隐忍是必备的求生技能，绝不能
让廉价的悲伤破防

我是一匹满腹辛酸却又无比顽强的狼
在狮虎为王的猎场蛰伏潜藏
我深谙弱肉强食的规则与铁律
你不凶狠就必成为他人的牙祭之物

别一副道貌岸然的样子，对我横加指责
我只是在尽最大的努力活着
遵循着古老的生存法则……

我是来自草原的王啊
并非天生的戴罪之身
我的眼中有天涯的明月，心中有草原的芳菲
是谁将我贴上冷血的标签
而对我浑身的伤痕熟视无睹
是谁为我烫上无情的烙印
而对我悲愤的嚎啸充耳不闻

我是不屈不挠无所畏惧孤独的王者
只有那一轮温柔的月亮
能够伴我回到梦里那美丽的故乡

牧雲人

遥远的海

海，那么远
远到我踮疼脚尖
远到我守得岁月荒芜
远到我望穿秋水

海，是不是在天边
是不是就藏在那片云彩下面
是不是与星河相连

遥远的海啊
你为何变得如此沉寂
为何刻意把翻腾的浪花压低
为何又让风捎来苦涩的抽泣
声声扰乱我的心绪

我来人间一趟

我来人间一趟
只为花开的模样
看春风为杨柳梳妆
读朝阳润染的篇章
听鸟儿欢快地歌唱

我来人间一趟
用明澈的眼睛寻找
黑夜中那遥远的星光
为心灵插上无忧的翅膀
在广阔的天地间翱翔

我来人间一趟
感受红尘的雨雪风霜
让苦难教会我成长
让脆弱变得无比坚强
不再忌惮生活给予的忧伤

我来人间一趟
带着前世的记忆

牧雪人

在人海与你约定浪漫一场

品尝岁月不声不响

走过人间不慌不忙

心之痕

流星划过夜空
绚烂而短暂
像生命，划过时空
在某一刻便了无踪

你在我心头一闪而过
如刀，却留下无法愈合的划痕

来日方长有多长

一生的时光，用脚一步一步丈量
日子一天一天，水一样流淌
岸边躺满花开叶黄
心在流浪，目光总是望向远方

有人迷茫彷徨
一路跌跌撞撞丢失了梦想
有人执着坚强
在风雨中倔强把功名藏

我们总说来日方长
慢慢寻找生活的真相
可是，有谁能告诉我
我们口中的来日方长到底有多长

何必抱怨世事无常
何必沉湎旧愁新伤
生命的旅程无须太多的猜想
珍惜每一个有你的晨昏

心中有爱，眼中有光

让我们相视而笑，拥抱心中的地久天长

写诗的男人

一个写诗的男人
内心是温柔的
岩石的轮廓
并不妨碍水墨的写意

硬朗的天性
是与生俱来的阳刚
与水为邻
折射别样的柔情

绵绵情话
是一粒在岩缝中发芽的种子
思念的雨水
激发出生命的新绿

写诗的男人真的很帅
因为他的心中是蔚蓝辽阔的海

孤独的境界

孤独，仅此而已
绝不是失魂落魄
恰恰相反
我的心中装满人间春色

我敬畏这世俗的烟火
我崇尚生命的自然法则

滚滚红尘，芸芸众生
有多少人迷失在物质的旋涡
清醒的灵魂从不空虚寂寞
而孤独，是思想者无上的赞歌

我是世间孤独的诗人
我们亦是人生路上，孤独的行者

享受孤独

行走在岁月深处
青春偷偷褪了颜色
悲欣的往事
蜷缩在记忆里

人世间的烟火
不断熏烤着日子
时光和梦想
被蒸发无形

疏远了春天与爱情
收敛坏脾气
甩掉所谓的愤愤不平
学会向生活妥协
开始享受孤独

拥抱夜的安宁
用文字过滤喧嚣
写下阡陌红尘的厚重与深情
端详过往
回味岁月微笑的身影

天空之神

那无根之云
早已，望风而逃
太阳的雄心
在天空极速提升
火辣的演说
让草木有了幻觉

高高在上的神啊
少了一丝怜悯
无疆的版图
经不起，炽灼的呼吸
吐纳之间
左右着蝼蚁的生死

虔诚的朝圣者
献上仅有的汗水
与所有的江海一同顶礼
拜伏在神的恩威里
祈祷雨露均沾
赐人间清凉一夏

牧云人

苔衣

宇宙是孤寂的
不信，看那星
张望许多年
依旧，走不出
各自的远

苔花
开在自己的宇宙
微小而努力
尽管
春风不爱
夏雨不怜

与红尘的喧闹
格格不入
将心植于清静之地
坚守纯粹
亦如星之旷达

世人眼里的苦

无谓苦

君不见待繁花落尽

一地哀鸿

唯苔衣素雅，仙气飘飘

听草

寄一片月色
寻些许诗意
摇曳的树影
跟我
保持矜持的距离

我不与星星
有一丝暧昧
尽管，神交已久
却无意打破
这种微妙的平衡

脚步
只为一棵小草而轻柔
它守在必经之路
等我
用一滴露水浇灌

月光下，我侧耳倾听
都是你的声音

问心

爱，不知所起
情，不知所终

时光匆匆太匆匆
一路山重水复
何时柳暗花明

问心
爱我所爱
莫教
深情辜负等待

枣树——致云溪之五

远山，在空旷的天幕下
清晰可见
风捎来故乡的消息
我的眷恋
在一棵苍老的枣树下徘徊

夏夜的星空璀璨
外婆的蒲扇
轻轻地摇动我无忧的童年
慈爱的眼睛，多像
夜空中光芒闪烁的星星

枣树下，外婆讲的故事
总是那么引人入胜
满足着我的好奇与天真
我问：外婆的外婆去哪儿了
她指着天上闪亮的星星说
那都是我们离家远去的亲人
他们在天上微笑地看着我们
她说：每一颗划过天际的流星

都是妈妈来人间
看望思念多年的孩子

如今，枣子熟了
又红又甜的果实挂满枝头
只是，再也不见那熟悉的身影
一记打枣杆儿哟
噼噼啪啪……
如似漫天繁星坠我怀

牧雲人

云溪湖——致云溪之六

云溪湖
游子用一根回忆的线垂钓往事
没有诱饵
只有，一颗依然滚烫的心

时光波涛汹涌
我的心，静静地悬浮在
一尾鱼儿游过的水层

这一汪淼淼的云溪水啊
自从别了你
就再也没有枯竭过

我的眼睛噙满了浪花
以致看不清
那鱼儿，何时将我的浮漂拽沉

注：云溪湖，1971年6月竣工，最初被称为云溪水库。
2012年，经中南民族大学袁泉教授提议，云溪水库更名为
云溪湖。这片水域，自被称作湖，更凸显了其独特的气质

和价值。云溪湖在湖北省咸宁市通城县东南部，距离县城17.5公里，身处东西两条山脉间，湖水静谧如镜，映照着我母亲祖祖辈辈的生活印记。

时光流转，岁月更迭，云溪湖始终宁静如故。湖畔西岸的檀山，仿佛沈从文笔下的乡土风光，以朴实和深情，承载着我永不凋零的乡愁。

2023年7月2日，我与父亲一同前往通城县作协主办的《书窗》杂志社参加座谈会。会议之余，我们特意返回云溪檀山探望亲人。方兴、方舟、方舒宇、方浚哲、方达高兴地带领我前往云溪湖畔，一起垂钓、游泳。在湖光山色的映衬下，往事涌上心头，我们不禁感慨万分。在这片湖光山色之间，我们的故事将继续编织。

牧
雲
人

致云溪湖——致云溪之七

当眼底那一幅深情的画卷
填满我无尽的思念
心湖泛起波澜
与你，遥相呼应

抖落一肩星光
于满眸清凉的晨曦中
缓缓步入
那一汪幽蓝的心扉
在一湾温柔如枕的滩头
聆听——
你美妙轻匀的呼吸

环山如臂，舒展相迎
飘着七彩祥云的天空
似那轻柔的面纱
将仙子的容颜半遮半掩
一颦一笑，百媚顿生
云庭凤举，百鸟朝鸣
我已恍惚身临瑶池之境

魂魄出窍，趋步迷离

五百里方圆
神镜嵌地
三万顷弱水
着我扁舟
一世红尘与卿逢
沧溟心阔

山那边

一

冬日，倚门而望的眼睛
穿过了一生的风雨

却，始终没能翻越那道山梁

二

一辈子，忙着把汗水播洒
来满足一只碗的胃口

只能，将灵魂托付给清瘦的月光

三

穷其一生的跋涉
从蹒跚学步到步履蹒跚

终于，将脊背锤锻成山岭的弧度

四

山那边，是海吗

星月沉默不语

若非，为何能听见心潮澎湃的声音

天空与飞鸟

你那无与伦比的蔚蓝
引诱了我
一步步，掉进
温柔的陷阱

你是褪去青涩的丰盈
不再招摇轻浮
你是放下冲动的沉稳
越发秀外慧中

你已拥有了海天的辽阔与平静
不再执着十里春风之城
你了悟世事人生
看淡风云，波澜不惊

我的目光被吸引
心被俘获
在你从容空灵的怀抱
甘愿，做一只自投罗网的飞鸟

天空，我已掠过

哪怕，了无痕

交叉点

咖啡与美酒
香辣了心绪
可否调和
我想要的平衡

灯在眼前
星光远赴千里
夜的内涵
因落差而着了魅色

我是那个想与被想的人
在一个交叉点
你成了我天涯的星
我做了你放飞的孔明灯

天空的底色

天空的底色是蔚蓝的
透明干净，如婴儿的眼睛水灵
云，恰好的花絮
而太阳，点亮最炫目的灯
这样的舞台怎能不让人动心

天空的底色是暗灰的
压抑阴沉，一张愁眉不展的脸
风也吓得惊慌失措
闪电亮出狰狞的刀戈
有人在歇斯底里中泪雨滂沱

天空的底色是漆黑的
虚无缥缈，似一场深不见底的梦
星光微弱成遥远的萤火
点点汇聚出一道浩瀚的天河
我用无眠勾勒出夜的寂寞

天空的底色是晨曦中金花万朵
天空的底色是晚霞里流光似火

天空的底色是春的明媚秋的丰硕

天空的底色是夏的妖娆冬的素裹

我们的天空赐予世界以五光十色

我们的世界回馈天空以无限深情

岁月无声，悠悠我心

愿你我在辽阔的天空下恪守做人的本真

第一篇　眠云卧石之牧云篇

绕指柔

纵有山河之志
怀玄铁之心
若遇春风烈焰
难以自持

英雄气短
儿女情长
顾盼流离其间
拜作裙下之君

叱咤风云之躯
沉沦一泓秋水
宁负江山之壮阔
不负美人之倚托

眸中日月
唇上乾坤
不枉红尘一遭走
三千芳菲绕指柔

月亮是一面镜子

太阳的目光
投射
月亮的脸庞

哦，那是一面镜子

一个滚烫
一个冰凉

只是，那影子寂寞了时光

在湖边

那湖，躺在一个摇篮里

眨着婴儿般清澈透亮的眼睛

远处的山顶上

晾晒着大片雪白的云朵

有风，吹着漫不经心的口哨

神情自在而慵懒

一湾褐红的沙滩

在浪花轻柔的低语里，静如处子

真的适合一场偶遇

比如，两只不约而至的鸟

比如，两个不期而遇的人

比如，你我……

在南方，在云乡，在湖边

默与契

心神之意念，以默始
灵魂之颤动，入契合

所谓的远只针对忙碌的肉身
却束缚不了
自由奔放的思绪，无论
千里万里

就像这样两种
无形却相互超强作用的力

领地

你是何人？胆敢擅闯私人领地
该当何罪？现已让我心神不宁
罚你伴我晨昏，镇我城池
一生一世，死心塌地

牧云人

成器

握刀的手指与心脉相连

于是，刀便有了更高级的认知

锋芒之下的顽物

欲成器者——

又怎少得了一番皮肉之苦

风尘

不要以为自己卓尔不群
所有的肉体其实早已沦落风尘
人世间有太多看不透的陌生
不管有多么心高气傲
生活只需一巴掌
就能将你打回原形

牧云人

造梦

让我造个梦吧——
一所靠海的房子
向东或向南
撒一网星光，捡一篓浪花

寻一湾沙滩
将两只不羁的脚丫放养
我想我会——
像个熊孩子那样嚣张

最好与你，种一片月光
捉些柔软的文字
烹成一首诗，细细品尝

让我造个梦吧——
在深蓝的海天

海鱼

它是会飞的
一条鱼的翅膀
在深蓝的天空划过

波涛汹涌之下
那云，很轻很轻

世界，在一面镜子里倒置

赎

把一捧风于黑夜里放生
救赎负罪的灵魂

将一个念揉进战栗的诗行
叩响你梦中的窗棂

扯下一身褴褛的衣衫
在一剂痴狂里裸奔

世界不停地向后倒伏
不变的，只有那颗孤独的寒星

虚实

在真实的世界里虚构一种爱情
让灵魂有了归宿

在虚构的爱情中掺揉一缕烟火
让肉体少了窘迫

不经意间习惯了角色的转换
一生无非戏里戏外

我的眼睛

你说，我的眼睛里有一道闪电
总让你心头一颤

是的，我目光如炬
眼神犀利如刃
它代表我的意志坚若磐石

我的眼睛是我心灵之窗
它藐视一切挫折
唯独对你充满柔情

写给一朵云

我知道，一朵云
不会停留太久
就像一个季节
就像这个春天

所有的开始
都伴随着意外与惊喜
所有的结局
其实早已注定

云的身影飘忽不定
而我的天空走过太多的路人
突如其来
匆匆而去
一切，宛若梦中的幻影
了无痕

石头

来自大地
用最质朴的底色
塑造灵肉

知我者
其心玲珑
懂我者
慧眼独具

石头的一生
始终
本真厚重

无声

这是来自心灵的声音
不用耳朵
只需轻轻闭上眼睛

没有绝对的远
却能无限地近

我用每一根细微的神经
在这无涯的黑夜
甄别另一个同频的灵魂

两半

左右心房
将一颗心一分为二
一半，装着青春
一半，盛着暮年

男人的心
是两半心房的合二为一
那里住着
他难忘的一个人

一半青涩纯真
一半优雅情深

纯真的是心头的阳春白雪
情深的是余生的欲罢不能

慰

用文字讲述时光
用诗歌喂养灵魂

让一颗心在人间憩息
给生命以慰藉

不因平凡而自卑
不因世俗而自弃

为这一生找到优雅的佐证
心怀感动与喜悦
无论，相遇还是离别

牧云人

从此

划一道界线
分割
过往与未来

用一早晨的阳光
铺满山河
心与路
从此，握手言和

生命的褶皱
交给时间去熨烫
将一个名字
藏匿在微笑的疼痛里

双标

我在说人时，人在论我
人在窥我时，我在观人

总习惯把另一个自己隐匿
枉费心机去揣摩众生之相

活成让自己讨厌的样子
却不断地说着身不由己

于是，就可以咬牙切齿地指责他人
于是，就可以心安理得地原谅自己

纯粹的诗歌

唯有纯粹，方不负诗歌之名
如春花向阳而生

让婴儿般的笑容触及灵魂
匹配出，高于世俗的无邪与天真

如果，你对这个世界用了心
就一定会拥有一个天使的化身

奔跑的云朵

我在天空奔跑，肆无忌惮
没有红绿灯与斑马线
我随心所欲，驭风而行
奔向苍老的远山
奔向一望无际的海
奔向千万年来的荒无人烟

我与那远离尘世的雪峰对话
告诉它有多么幸运
至今冰清玉洁，不被世俗污染
我与一只海鸟结伴同行
告诉它有多么幸福
翱翔碧海蓝天，躲开罪恶的子弹
我与一棵不死的胡杨对视
告诉它有多么伟大
无惧死亡沙漠，坚守烂漫星空

我是一朵奔跑的云朵啊
一生奔跑在远方的路上

牧雪人

鹰者

离群索居的贵族

守贫寒之地

修不世之威

火眼金睛辨蛇鼠之辈

喙若刀枪斩狐狼之流

爪似钩戟灭狸鼬之徒

金甲天翼

扶摇九霄择绝壁而栖息

驰旷野而巡狩

展叱咤风云之雄姿

保一方水土之安泰

鹰者

王也

请叫我公子

叫我公子

乃唐伯虎转世

才高八斗

文采风流

性情洒脱尚自由

唯爱诗与酒

尤喜江南烟柳

你若是那秋香女

定识三生石

三生石上有吾诗

朱门藏污垢

山水最自由

卿若倾慕山水意

来，来，来

请叫我公子

与卿约，携卿行

寻野鹤，觅闲云

花前弄月

诗酒谈心

朝夕与卿伴

一往俱情深

唇语

那唇，蓄满岁月之火
炽烈的力量
转化成滚烫的唇语

无声的诉说
让生命的秋天
呈现——
沧桑与感动

我读懂了你的表达
对于爱与深情
感同身受

云哟

云哟
曾是一汪苦咸的眼泪啊
于忘川河里逃出生天
做了自由自在的流浪者

从此，风里来雨里去
将人世间的悲欢离合
看轻
看淡

夜莺

我了解夜的迷惘
我懂得梦的彷徨
所以，每晚我幽幽地吟唱
我的快乐，我的忧伤

不需要有人听懂我心中的悲凉
其实我守护着那一窗花香
只为，我可望而不可即的姑娘
我的星光，我的远方

我是那只歌声婉转的夜莺啊
独自在黑夜里将心中的音符唱响
哪怕，我的泪水漂白了月光
我的骄傲，我的倔强

第二篇　菡萏向阳之思念篇

多想回到年少的曾经
让你再次倾听我的心音
如果，思念有声
那一定似惊涛骇浪，响遏行云

如果，思念有声

时光之海
无穷无尽
昨天的点滴
汇入无法返程的永恒

人生是每个人的修行
那些熟悉的身影
如浪涛回旋翻滚
轮回中有没有前世今生
哪怕只是瞬间的幻影
也会开出花一样的缤纷

多想回到年少的曾经
让你再次倾听我的心音
如果，思念有声
那一定似惊涛骇浪，响遏行云

雨中

你不必慌慌张张
悠悠然，就好
我不必行色匆匆
自自然，就好

我的油纸伞已闲置多年
那条悠长又寂寥的小巷
如今已是人来人往
唯独，不见——
丁香一样
结着愁怨的你

我依旧一袭青衫
与一树丁香花擦肩而过
那声叹息
早已，在烟雨的往事中
湿透

我们终究是
做了这雨中的过客

只是，当我打起伞时
目光，却拧出了水

夏日思怀

世界变来变去
终是在四季里打转
风来雨去，花开叶落
却沉没岁月长河

设想的一千种可能
都没有结果
只能眼巴巴地任日子蹉跎
抑或，我们是春日里
自由穿行于荆棘丛
那最柔的风

所幸，几滴墨渍
以及，窗前孤悬的明月
似那星霜荏苒的印迹

让我轻轻叩响

让我轻轻叩响
你的心门
用一缕最温柔的月光
为你着上淡淡的妆

我的脚步
如这秋夜清凉的微风
潜入你的心扉
将一支情歌轻唱

不需演奏华美的乐章
快乐的涟漪在心中荡漾
脉搏律动着最动人的音符
只求
陪伴你的身旁

有没有一种可能

有没有一种可能
我不认识你，也从未见过你
你一直就在那里

你或许也在等待我的出现
就像我一直在等你

也许是命运做了戏剧性的安排
一波三折的相逢与错肩
将故事的悬念推至高潮
然后，于一个偶然中的必然
出现令人感叹的惊喜

你等到了我，我找到了你

碎念如诗

一

希望，无所谓有
像路的方向
必须朝前
希望，无所谓无
如梦的声音
必然唱响春天
我在寒冬悉心照料一粒种子
用掌心的温度呵护
要不多时，叶就会绿
而花，一定会如我所愿
于恰好的时间开出一片七彩

二

石子与雪花
一个至刚
是我
一个至柔
如你
于是我在一首诗里

构思了
让它们相遇的场景

三
我不是你的伤疤
你也非我的尘沙
我们是分别的两首诗
隔着时空
一首与另一首对话
都说世界很大
我怎么感觉它很小
小得只能装下
那缕无言的牵挂

皓月当空

题记：想我的时候，望月亮

月亮升起时
或许，你已经睡下
于是，我的目光
一直，悬挂你的窗前

思念是一条河

题记：一条只有源头，没有尽头的河哟

我逆风而行，向着远方
在时光里不倦地奔跑
天边的羊群等我放牧
还有，满天的星辰

如果，思念是一条河流
那么，源头
一定能追溯至万里之外的高山
于是，我化身为鱼
一路穿山越石
洄游到孕育生命的故地

我的灵魂诞生于圣洁的雪峰
宛如万年不朽的雕塑
当阳光舔舐我晶莹的眼泪
我的爱，我的血液
注定以汹涌的方式去流浪

是的，大海是我的归宿

可我的心，依然会在想你时

逆流而上⋯⋯

2023 年 5 月 20 日初稿 于武汉韵湖

2023 年 5 月 21 日二稿 于汉院 305

第二篇　菡萏向阳之思念篇

偷心

我不想追寻——
风尘偷走的季节多久返青？

我只想知道——
被你偷走的心何时归还？

如若不还——
定会无限期追讨
哪怕，躲到天涯海角

我只是想你了

我只是想你了
在风微月弋星浮的夜里
在人杳云隐梦沉的夜里
在唯独没有你的夜里
任灵魂跟记忆中的影子无休纠缠
任心尖那根无法剔除的刺
反复疼痛

情阑珊，意阑珊

非得把一段情话说得悱恻缠绵

卿卿我我

非得把一次别离弄得肝肠寸断

稀里哗啦

非得把一首小诗写得千回百转

九曲回肠

人生总是充满太多的表演

于不同的角色间切换

寻寻觅觅不倦

忙忙碌碌不堪

纠纠缠缠，牵牵绊绊

剪不断理还乱

情阑珊，意阑珊

我不说

关于思念
关于一种上瘾的甜蜜与疼痛
我不说
是的，我不说

就像孤独，就像夜里无处不在的
黑。就像，你下的毒
我不相信时间能冲淡一切
我只知道——
过去的每分每秒却将思念堆积如山
这些，我不说

唯愿有一种静好
你守着你的西窗月
我默念我的千岁寒

心跳的回声

无须修辞，也无须隐
喻。还风以本来的样子
不见不散
是一剂续命的毒药

总是怀着初衷，却又
一次次辜负
远山与沧海依旧遥不可及
只有，心跳的回声

那些潦草的脚印，愧对
岁月的厚望
用廉价的笔墨
将人生，一再涂改

见山还是山
念你还是你

就这样尽情地想你

白日的残热在秋夜里
渐渐凉透
月色如溪水缓缓流过手心
合拢的手指抓不住悄无声息的光阴
也抓不住，这揪心的思念

风的影子横斜在一望无际的黑暗中
山和水在相对无言里沉默

秋夜的寂寥恰是我所钟爱的宁静
避开嘈杂纷乱的声音
我把囚禁牢笼的心释放
就这样尽情地想你

遇见

遇见你
遇见，这宁静的夜
遇见，这聪慧的光
在一阵微风的耳鬓厮磨里
我迷离的眼睛
再也逃不出那宝石蓝的星空

打开心灵的门窗
迎接你每一丝令我陶醉的气息
让躲在角落的影子
温婉地坐在月光下
感受你律动的脉搏
让血液的流动与你的呼吸同步

我忘却了千万次的遇见
唯有你
却这般，让我的心难以割舍
就像是生命中第一个珍藏的童话

2021 年 9 月 11 日夜

浅笑如水

水，悄然从你指尖划过
滴落在静谧的时光里
有个声音，穿透我的耳膜

那幽远中清脆的回响
将我无处安放的灵魂牵引

你的浅笑如水啊
最能治愈这伤痕累累的红尘
流经我的梦，滋润我的心

请你不要想我了

你又想我了
你再也无法否认
因为
你又一次来到我的梦中
让我满心欢喜

幸福好像触手可及
可那如花的笑容
却又多么虚幻而迷离

请你不要想我了
一次又一次地来到我梦里
梦有多么甜美
醒来，就有多么忧伤

美丽的姑娘啊
请你不要想我了
爱我就请大声告诉我

读你的诗

气质优雅的你
写的诗，一样的美
清秀温婉
如一枝静放的莲

我喜欢读你笔下
那些带着温度的文字
像是聆听美妙动人的音乐
总能让我如沐春风

多么善解人意的诗句啊
仿佛是一个个鲜活的精灵
让我心神激荡
随那娓娓动听的心声而遐想

喜欢读你的诗
喜欢倾听你扣动心弦的诉说
细细品味，如饮甘霖
那一刻，我的心亦随之共鸣

蝶衣

你身轻如蝶
于花丛飞舞

我用眼睛捕捉那美妙的一瞬
彩色的翅膀
飞落我的心上

蝶衣翩翩
忽近忽远
乱了我的心，迷了我的眼

牧雲人

我愿是你手中的一缕烟火

此心方动，思逸万里
清风白日的流年与诗意
在挣扎沉沦中
让脉搏清晰而坚定

我只愿是你手中的一缕烟火
幻化出我此生的温柔
轻拥一个世界的两个人
将喧嚣与风雨统统拒之门外

我愿做万千红尘里的无名之辈
用一支素笔为你描摹
天地悠远，四季毓秀
将晨昏中的晴暖悉心挑选
交于你妥善安放

背影

我远远地看向你
莲一样的令人遐想的背影
十月的风，也清凉起来
轻轻漾过心湖
我的眼睛，泛开涟漪

水，在一束光线中悸动
影子斜卧在我多情的诗行里
我远远地看着
害怕急促的呼吸将它惊扰

是的，远远地看着就好
让一朵莲的心思
静静地绽放出淡淡的墨香
在我的心头
愉悦地流淌，流淌……

匕首与玫瑰

命运之神
赐予我
匕首与玫瑰

右手腥咸
左手芬芳

一个
是我的斗兽场
一个
是我的白月光

手持匕首
是为生活搏杀

手捧鲜花
只因心有牵挂

咫尺天涯
往往一念之差

致海子

——纪念海子逝世 35 周年而作

你来自未来
用广角的视野打量着人间
于是，你看到了
原始的血腥与本性的丑陋
由此
你变得担忧与焦虑

你的马
被豢养在无垠的戈壁
于那不毛之地，啃食沙石
你的姐姐没有姓名
她是沦落凡尘的天使
你想解救，却无能为力
你的房子建造在你的诗行中
面朝大海，春暖花开
成就了永远的海市蜃楼

你悲悯的心疼痛欲裂

不堪忍受

留下巨额的遗产

在冰冷的铁轨上涂改了归期

人间再无海子

只闻

空荡渐远的马蹄声

当我想起你

当我想起你，一颗星正冉冉升起
带着一道灵光
穿透万重的黑暗，直达
因思念而倍感孤寂的寒夜
一丝明亮，给予我希望

月亮，还挂在当年的柳梢上
人约黄昏后的故事
一直等不到适合的剧情续写
唯独，清辉如水
淌过深邃的窗

在今夜我又想起了你
与一颗星默默对视
只是，我在地上
星在天上
中间隔着无法丈量的虚空

牧云人

星星与玫瑰

一朵停泊在掌心里的云彩
偷偷，藏了——
九百九十九颗星星

几行种在梦中花园的诗句
悄悄，开了——
九百九十九朵玫瑰

我想将星星跟玫瑰
编织成一条独一无二的丝巾
亲手系在你的脖间

北纬 30°

我的桃花开时，你的窗前堆满了雪

尽管，你不想承认你与春天的距离
尽管，你不愿相信风其实是打南边吹来
尽管，你眼底铺满了绿……

我的城市矗立在北纬 30° 的版图上
一切都到齐了
除了，寄一捧新的风给你
我必须趁这大好时节
在种满桃花的诗行里深耕这个春天

让春天代表我

我那纯白的纸张
被十二级的风撕碎成一把泥土
没有煽情的诗句可以送你
除了，用一棵草的质朴
用一朵花的无邪
用那婴儿般清澈的目光
新奇而大胆地看向你
让春天代表我吧
我想，我能保证我的笑容
没有一丁点的调味品
不信，请尝尝这装满一酒窝的
清爽的风

予酒

将江海浓缩一倾而尽
握紧这杯中的乾坤
任命运随日月春秋浮沉

这世间谁能免俗
贩夫走卒亦可豪气干云
庙堂圣贤照样六根不净
莫道我贪恋红尘
莫道我张狂痴癫
凡事如花，如何得久

来，来，来，不若开怀痛饮
哪管个假假真真
哪管个恩怨爱恨
让这割喉的苦楚跟爽烈
予以人心人性最辛辣的讽刺

雨本无心

雨本无心，湿了你的伤念
或许它该内疚
无意中做了忧郁的药引

多愁善感是一种病
不光只是天气的原因

冰冷的抽打留下的瘀痕
像沟壑，很深
那些被冲击的情绪
在一条河的下游覆盖上厚厚的沙层

记不得那么多往事
时光泛滥，季节浮沉
总是——
在岁月远去的背景里沸腾

雨本无心
只是，你动了不该动的情

女士，写给你的诗

女士，早晨的风吹来
那是我的信使
一路跋山涉水，闯过
夜晚的冰雪
蹚过流言蜚语的雷区

当第一缕朝阳
温柔地叫醒巢中的小鸟
我的信使
用我暖暖的文字
轻叩你的窗

女士，我有一首诗给你
诗行中有我栽种的
明媚的春天
以及，一朵心花的怒放

女士，请你签收
别忘了——
盖上微笑的戳

牧雪人

第三篇　昨夜梦乡之过往篇

我把一个故事，以倒叙的方式
缓缓回溯至心动的开始
你还会不会在那一刻，款款而来
一如当年青春的模样

往事，就像一场电影

摘下一段老旧的时光
在夏日的雨水中慢慢漂洗
直至记忆发白
任远古的风声隐隐呻吟

江水在父辈的脚印里奔走
前赴后继，不眠不休
岸，岿然不动
透过一帘弥漫的烟雨
看见远方的云彩朵朵彤红

我把一个故事，以倒叙的方式
缓缓回溯至心动的开始
你还会不会在那一刻，款款而来
一如当年青春的模样
让我熄灭的火焰复燃

我好想捧起你失散多年的笑容
在一场曾经的老电影里
与你，重逢

忆

无数次，在脑海里盘旋
你的样子，是我写过的一首青涩小诗

我总想走进时光的镜子里
找到当年的稿纸
修改一下那个草率的结尾

送你一窗月光

指尖跳动，方寸之间
却是彼此最辽阔的天空
心音绵绵不绝
无声，胜过千言万语

月亮在眼前
星光在眼前
天涯在眼前
你的笑容，更在眼前

用文字谱写的音符
以光速抵达
如最甘的泉
流入你的眼睛
注满你的心田

指尖上缠绕着春风
将心花之香
一丝丝，一缕缕

系上思念的翅膀

飞越山高水长

为你送去一窗温馨的月光

问雁

当时暮秋，落叶满地
正如厚而柔的心事

知道风雪的行程
掐着时日
我放鸿雁南飞

今已初冬，晨夕皆寒
你是否于窗前静候
那一声来自云端的呼唤

我的雁，可以飞抵你的城……

注：秋天答应带邹 L 去光谷买"茶颜悦色"，因疫情未能成行。2022 年 11 月 30 日，下起了今冬武汉的第一场雪，乘隙带她到汤逊湖看雪。才到湖边，一声雁鸣从头顶传来，抬头仰望，只见一群大雁排着"人"字朝南飞去。许久，她看着我，我看着雁。

碎影

拾不起斑斓的影像
时光，支离破碎
我只能，将其安放于心底
默默描绘成，一幅画
静静抒写成，一首诗
于孤独时，于寂寥处，于回忆里
观摩，品读
回味个中的酸甜苦辣
与曾经的我
隔着维度对话

前进的脚步里
总有深深的眷恋与回首
滚滚的红尘中
总有痴痴的凝望与守候
时光之驹，蹄过尘绝
那些，来得及或来不及
总是在心田，反复耕耘
或遗憾，或希冀
如此缠绕交织

我只想，做一个时光过客

或爱，或恨

或笑，或哭

　　注：2023 年 2 月 24 日夜，与李曦、程诗、郭一鸣、王睿、吴晗五人会于藏龙·倚湖逸墅 6 号。老友相聚，饮酒烤肉，笑谈人生，岂不快哉！万籁俱寂，坐在回家的车上，望着路旁闪过的斑驳树影，突然想起刚才的话："愿百年以后，还有人能够读到我的诗和诗中的她，我的快乐，我的忧伤！"不禁潸然……

一川雪

时光，收割了我唯一的青春
留下满是疮孔的回忆

渴望用一川雪
治愈皲裂的心情
做一只，最美的白蝴蝶
在北风头翩翩飞

牧云人

向晚

江风跟渔火
一个羸弱，一个沉默
孤鸥高飞远
粼波似梦，残阳如血

余晖染了思绪
几缕缥缈，几缕怅然
热潮欲消未消
离人欲归难归

我寂寥的歌唱与谁听
孑然向晚
一半诗心，一半风尘

日夜

总是在太阳下奔赴
总是在月光里蛰伏

烟火的日子我已拼尽全力
诗意的远方我却无能为力

风，扯动陈旧的疼痛
云，抚不平新添的愁

与每一个清晨对应的黄昏
干涸成暗红的痂

与每一个夜晚对应的黎明
吵醒了发白的梦

童年

那时，蒲扇摇落的风
铺满整个夏夜
一个萤火虫点亮了纯真
我和丫丫躺在柔软的星光里
变成了这个世界上
最快乐的王子与公主

念及过往

一季一笔，涂抹人间的
底色。浅淡或浓厚
催生的鹅黄与零落的朱红
勾勒——
光阴舒缓伸延的层次

一页深情的文字
将昨天揽入怀中抚慰。轻吟
岁月的感悟。就像
重温生命的序言
一遍一遍，领会蕴含的质朴
与纯真

青春回放，顺着红尘的走向
追溯。少年与梦
依稀当年——
青涩且骄傲的模样，纵然
念及过往
曾经拥有，老去何妨？

回首处，一位姑娘……

清风扬

你的海，碧波万顷
那潮与天边接壤

我的心，风吻过
那云似你衣袖

夏花依然灿烂
晕染芳菲的乐章

我在梦里种下满天星斗
等你远道而来

清风扬
诉衷肠

2023 年 8 月 26 日　于汉院 305

让心飞

打开窗，让星光渗透
黑夜自有她的魅力
天涯近在咫尺
一念花开，再念蒂落

借一抹月色起笔
写短万千距离
将山遥水远揽入怀中
暖作驱寒的酒

输入你的坐标
让我心如鸿雁高飞
于斑斓的星空下夜航
徐徐降落于海风轻拂的梦境

春夜如溪

夜风轻微，如吻
柔柔地流淌成一条清香的溪
如此诱人，忍不住靠近
撩拨萌动的心

返青的枝头雀跃着一种暗示
不经意间挑逗我的诗情

我按捺不住抒发的冲动
像一尾随心而动的鱼
在一溪夜色里游弋
自在欢快地游入你的梦境

今夜，我与月亮

今夜，我与月亮
一样孤独

想不起花开何时花落何地
风，早已渡过
那条河

山，醒了又睡
水，依旧没能把眼泪流干

今夜，月亮为我沉默

人间

树顺着山势
长成一座更高的山

水填满地上的裂缝与洼地
便有了江河湖海

云总以突然的形式造访
替苦难的人间洒下悲悯的眼泪

我跟风同属流浪者
在时光的版图上不断迁徙

一切，看似杂乱无章
一切，却又有条不紊

所幸红尘有你
故而这人间依然值得

夜色

泛滥的夜色，成灾
淹没
泅渡的心

星光，尚未熄灭
如，萤火

我害怕灵魂，会不会
先于肉体，溺亡

夜，来临
没有一个影子
是无辜的

我的枫桥

那夜的寒霜，挂满乌篷船头
渔火喊不应疏星
只闻，姑苏夜半的钟声

我是天涯浪子
岁月，在我的一首首诗中安睡
而我，今夜注定无眠

枫桥卧在我必经的河上
静谧，安详
波纹里跳动的暗红
是我落笔纸上晕染的颜色

如盈盈泪光
悄然流淌……

　　注：2023 年 8 月 16 日夜，我与相识相交整整 20 年
的挚友兼同事蔡士元、朱金广、蔡勤、陈勇、文燕（以及
她的儿子庞昕译）、李小莹一同登上了武汉两江游轮"汉
阳门号"，开启了夜游长江之旅。

夜幕下，长江波光粼粼，星空璀璨。我们乘游轮行驶其上，观黄鹤楼、望晴川阁，吹晚风、看江滩，穿越长江大桥，赏两江夜景和灯光秀。长江犹如一幅生动的画卷，在我们面前徐徐展开。兴奋与愉悦之情溢于言表，欢笑声回荡在夜空中，我们仿佛穿越时空，回到大学毕业，刚刚踏入职场的那段年少时光。

黄鹤楼、长江大桥宛如夜空的守望者，在深邃的夜幕中傲然矗立，点缀在天空中如同星辰，沉静而庄重，见证着无数人的离别与相聚。我们凝视着它们，仿佛与历史相对，心中充满敬畏和沉思。

夜空静谧而温馨，长江的浩渺与深远在我们心头涌动。岁月匆匆，但与好友相伴的时光将是我们生命中最宝贵的时光。

2023 年 8 月 16 日夜一稿　于武汉韵湖
2023 年 8 月 17 日二稿　于汉院 305
2023 年 8 月 18 日定稿　于汉院 305

残竹

一天连着一天
荒芜
直到
心空如你

残缺有两种
一种
是记忆
一种
是生活

明明在消亡
明明在生长

如果，可以

如果，可以
我愿把不堪的往事付之一炬
用冷却的灰烬重塑血肉与灵魂
挥锄将荒芜的曾经开垦
播种一粒从头再来的不灭之心
无须畏惧世俗浮光掠影的目光

如果，可以
我愿化身一棵千年孤独的槐树
等在这最美人间四月天
用珍藏至今的纯洁之香入诗相赠
守候错过千百次之后的遇见
唤醒你沉睡迷惘的记忆

如果，可以
我愿从此隐身于这嚣闹的红尘之外
择一方僻壤与世无争
与清风明月做伴
精心梳妆每一个与你共享的晨昏
绝不辜负相濡以沫的深情

如果，可以
我愿奋不顾身地去爱你
许你一世安暖
于花开叶落的静好岁月
呵护彼此的心有灵犀
不离不弃生死相依

冰与火

我无法忽视那一簇火焰
在这寒梅怒放的雪天

你有没有温好酒
等我，讲述冰与火的传奇

每粒种子，都将长出温柔的诗句
躁动在厚厚的白下面

落寞的诗人

万千沟壑，只在胸中纵横
笔下日月春秋
渐化作人间的陈年往事

天地辽阔，不过意念一瞬
远近亲疏的暗示
无外一场花开一场叶落

落寞的人有消瘦的笔
撬不动生活的风霜
过于沉重的永远是肩头的担子

当脊椎形似山峦抑或弯弓
一轮夕阳如故
射出的箭矢隐没于火焰里
青春，在黄昏溺亡
理想，在清晨重生

清风往事

那风，走了好久
我还在傻傻地眺望
期待一朵云
从远处飘来，飘落
我洒满泪珠的诗行

往事，更像梦一场
少年早已背井离乡
告别了那年的清风与阳光
这一路啊！总是
与沧桑做伴……

你的花事，定格
在我久久萦怀的梦乡
挥之不去
一阵清风，一位姑娘

牧云人

晚安

吹过无数遍的风
又一次撩过抿紧的唇边
忍着星光蜇伤的疼痛
依然，强笑不语

种下的诗行
被岁月收割了一茬又一茬
这一季待熟的思绪
纠缠在烈日与雨水里

我不想作任何的假设
关于已知的遥远
关于未知的相遇
关于一个是否饱满的秋天

我只想守在一片宁静的月光里
等风云行至梦的边界
将心事和盘托出
对某人说——晚安

七夕夜话

故事更新至第七章第七回
许愿或是还愿
他们，都将顺着一条远古的河
不倦地寻觅——
历经千辛万苦的劫后重生

所有的肝肠寸断都不值一提
幸福的来临
让一切苦难都变得值得
今夜，星光璀璨
今夜，天不负深情

允你将情话一夜倾尽
许我用挚爱染你红唇
鹊桥，衔起仙界与凡尘
此情永不渝
此心永不泯

2023 年 8 月 21 日七夕夜

俩仴

时间给了你所有
而你，又将所有还给时间
你得到了本不属于你的
我失去了本不属于我的
你终将与我两清
我终将与你不欠
心之俩仴——
赠予落日与远山

当我想你的时候

当我想你的时候

我会让自己安静下来

看着远方的天空

流云与鸟影

将目光无限拉长

清空孤独

让思念化成透明的水

于静默无声里

一寸一寸

漫作心间辽阔的海

牧云人

南山南

江北的泪雨

飞不过那消瘦的肩膀

三月潮汛已退

我的笔墨描不出南山南

云彩长满向阳的坡

柳巷的小门深锁

诗中的杨花白得那么早

一想起你……

南山南

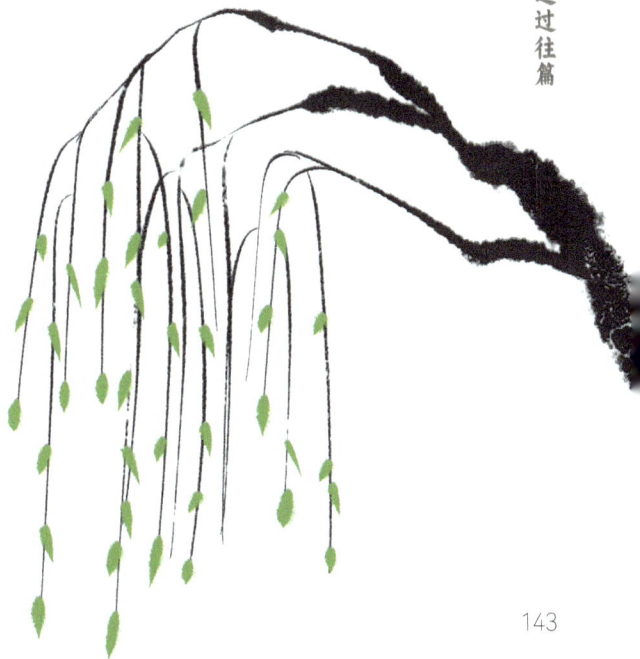

最好的年纪 ——致 Miss X

如果，能与你相遇

就生命而言

无论，处在哪个阶段

亦是最好的年纪

不早

不晚

2023 年 12 月 28 日夜　于武汉韵湖

如果，夜是一条河

如果，夜是一条河流
我便是那尾痛并快乐的鱼
被泛滥的春潮裹挟
一路漂游至你种满桃花的渡口

如果，思念是一首诗
所有的抒情——
一定是围绕一眼万年的凝眸
初心不改，铭心刻骨

如果，重逢是最美的愿
我会用历经三生的磨难来偿还
不负你的望眼欲穿
在一个潮涨花开的夜晚
与你，不见不散

错觉

想起那时，想起你
我便会产生某种错觉
就像是——
站在秋天，淋一场春天的雨

146

止步

止步于季节之岸
秋的身影顺水而去
那些青葱的，繁茂的
那些期待的，向往的
已然，成为抒情时的一声叹息

捧着一捧多情的文字
逐风至此
而路，却行到穷时
也罢，索性一把扬之
如荻花，如落叶
任那飞舞之后的坠落
倔强仅剩的诗意

当寒烟泛起的章节悄然入目
上一回的精彩便归档成历史
那些真实的曾经
那些鲜活的人间悲欢
亦止步于——
一个叫作昨天的地方

有一位姑娘

有一位姑娘，在我的诗句里漂洋过海
在我的梦境中如月临窗

有一位姑娘，在我寄存的春风里兜售花草
在我约定的黄昏贩卖云霞

有一位姑娘，不动声色
将我的心房霸占

2023 年 12 月 23 日　于汉院 305

跟往事干杯

今夜，有清风为我饯行
那细语如丝
缕缕柔情，于心头轻拂

今夜，有明月为我送别
那冉冉银辉
清清白白，在眸瞳荡漾

今夜，备一壶烈酒呀
我要跟往事干杯——
敬一去不回的年少轻狂
敬失而复得的缘浅缘深
敬风里雨里的朝夕
敬时光不语，敬岁月无声
敬前尘如梦，敬未来可期

来，干杯——
待酩酊过后将过往封存
余生皆是欢喜

月夜

躲进一袭花香的夜里
任风于耳畔轻语
一弯新月安宁
我梦醒，君梦沉

月之眸

你绝不会知道
我有多么爱你
就像，月亮遥远的凝视
深情而绝望……

桃花般盛开的姑娘

那年，初遇桃林
听见有人在喊：慧儿
哎！你清脆应答
从那以后，我心中
就多了一份嫣然的牵挂

这个春天，我特意
回到当初的地方看桃花
可是，却看不见一朵桃花
那一刻才知道
原来，心心念念的桃花啊
不过是——
一个我再也找不见的
姑娘

无言苦

是否？我的表达过于含蓄
像半遮半掩的羞花
总是被一种温柔所折磨
担心直白的坦露
让你如受惊的小鸟一样飞走
可我却沉湎其中
在理想的世界里漫游
欲将这无尽春色在心间长留
这种精神上的满足
是煎熬，更是
无法言语的享受

想你

我能想象，一个小女人想心事的样子
——必定是痴痴傻傻神游天外
其实，有时我也会这样
但我不会告诉你
——我想你了……

年华错

错过了一场飞雪
便不能错过一场花事

错过了寒冷的等待
便不能错过温暖的相遇

错过了最好的年华
便不能错过那个最好的你

为此，我愿用所有的纯真
来赎回抵押在你诗行里的春天

透明的夜

静静地，待在透明的夜里
光贯穿了我眼睛
将梦，击碎成满天的星星

既然无眠
那就数一数散发寒芒的疼痛
一点一点
勾画出你最初的样子

寂寞的人，除了我
在夜的遥远处
我猜，有一窗温暖的灯火
在与我呼应

往事

一段陈年往事
如荒芜的废墟下那粒顽强的种子
当我的眼泪不小心打湿思绪
它总能在眼前——
长成一株葱茏的九死还魂草

难言之隐

就算我告诉了你
一场秋雨的寒凉
一朵花的忧伤
但，这并不是全部

你不知道的
除了，云朵告别的眼泪
还有，一棵树的沉默

某种难言之隐
并非，只看决然冷漠的表象
这需要——
从一首诗的结尾处
相向而行

牧云人

岁月章回

岁月章回
跌宕起伏

平静时清浅如溪
激情处万马奔腾

生命创造生活
生活演绎人生

烟火人间事
戏里戏外人

流落

当秋风流落山岚
一些往事
影射出憔悴的奔走

当薄云流落溪间
几圈褶皱
覆没空空如也的光阴

当目光流落枝头
一幕蝶舞
律动着青春的挽歌

当我的灵魂流落黑夜
那片星光
就是梦最好的归宿

多情剑客无情剑

秋风剑式，凌厉如霜

看落叶纷飞处

青眸凝默，云涯肠断

叹一声书生意气

无缚鸡之力，偏做将军状

可惜西风烈马

已然迟暮时光

瘦草如骨，云烟虚缈

更怜寒星落水

情深若恨，旧梦成空

唯余雁荡苍山人字南归

过云端百转千回

吾欲寒芒出鞘

斩尽这一世孽缘

既是无情剑何必自多情

逃

躲得再远

你

依然逃不出我的思念

牧雲人

第四篇　四季轮回之季节篇

乘初夏静谧的月光

沏一壶温润的新茶

伫立开满蔷薇的院墙下

借一簇江南柳絮

随清风，寄天涯

初夏

落花辞枝去
菡萏向阳开
四季轮回有序
年华隐去无声

和风带着阵雨
冲刷着记忆的河床
满地的娇颜
在那一汪青绿里
以孕育的方式
留下爱过的痕迹

乘初夏静谧的月光
沏一壶温润的新茶
伫立开满蔷薇的院墙下
借一簇江南柳絮
随清风，寄天涯

浅夏，最是温柔

南风过境，燕子翻飞
嫣桃粉杏已然昨日
过客匆匆，季节轮回
一切，总是刚刚好

夏的主场，从来
不缺惊艳浪漫的主角
柳荷的碧翠欲滴
较之春的浓妆艳抹
更有清爽的仙气

一树婆娑，一池端庄
举手投足之间
尽显大家闺秀风范
高朋造访，雅士云集
一守初心不媚不谄

浅夏容颜恰好，无须粉黛
高贵的简单最是温柔

端午·渡

既然，绕不开一枚粽子的因果
那就用一扎青艾
祭奠，一段古老的历史

高亢的鼓声是唤醒传承的龙吟
人世间最大的慈悲
莫过于，一个忧国悯民的名字

舍身成仁，偿苍生之愿
又是一年端午
汨罗之水再闻呜咽

渡者，度之……

2024 年 6 月 9 日　于通城云溪湖

春之恋

走进这片山峦
顺着九曲回肠的乡间小路
我才真正读懂
湘北鄂南山区那满冲满畈的春色
读懂我与世无争的故乡

一望无垠的绿
油然而生的亲近
殷切地呼唤着游子的脚步
碧浪迎风翻滚
我情不自禁地附耳聆听
那滋滋的拔节声

置身这金黄的花海
我才深深体会
这广袤沃野的神奇
将目光骑上蝴蝶的翅膀
一颗心在清澈的风中飞翔

踏上这方生我养我的土地

我才能感受最真实的幸福

那是流淌在血液里永不褪色的深情

是我此生难以舍弃的根基

故乡的春天

让我邂逅寸草春晖的骨肉亲情

注：2023 年 3 月 31 日至 4 月 2 日，清明节前，我和父亲先后前往湖南省临湘市兴旺、忠防，以及湖北省通城县云溪檀山扫墓祭祖。这段旅程充满了浓浓的乡愁和亲情。我们的至亲袁小峰、袁小锐、袁小铮、袁少、袁丹、袁硕望、袁硕士、方龙甫、方燕飞、方明、章海霞、方近东、方兴、胡仁霞、方舒宇、方舒婕、方舟、章霞、方浚哲、方达、方海、方怡心等人全程陪伴。我们一起焚香祭祖，表达对逝去亲人的怀念和敬仰之情。在这个重要的时刻，亲人们聚在一起，畅谈人生，回忆过往，分享生活，让我的内心充满前所未有的平静与安宁。

遇秋

白云悠悠，轻如扁舟
落叶飘飘，瘦了枝头
夏蝉销声匿迹
野花萋萋艾艾

秋水清澈，月转星移
一眸夜露迷离
白了鬓角，湿了眉头
又闻雁鸣声声
芦花涤荡，轻波细浪

湖边长椅寂寞
往事铺陈依稀
遇秋，遇秋
又见旧景，却添新愁

秋影

秋风纷乱
行色匆匆的游子
如云中孤雁
从朝霞入星光
我看见谁的影子
像那秋叶在飘零

站在寂寥的秋夜
回头久久眺望
远方的城太过遥远
声声离歌
在深不见底的岁月里
郁郁苍苍

愿得一素心
乐在此晨夕
将欢畅的种子
播撒在
等待返青的原野

风之吻

轻柔与凛冽
两个遥远的极端
风的性格
静如处子，动如脱兔

花朵喜欢温柔之吻
而岩石习惯了狂野之歌

风之吻藏着魔法
吻暖了七彩的光线
吻羞了百花的万千娇颜
也吻落了残红秋叶的幽思

香甜之吻，锋利之刃
人间四季的风景
风起云涌，吻过无痕

那雪

我把裁剪一春的花瓣
我把积蓄一夏的眼泪
我把喂养一秋的白蝶
在这一刻，一股脑地抛洒出来

风嘶吼得太久
却始终没能安抚云沉重的心思
灰白，成为一首诗的颜色

那雪，终究漫天而来

注：2023年1月14日小年夜，江城武汉迎来了2023年
的第一场雪。新年已至，这如期而至的精灵，预示着瑞雪兆
丰年，雪落万物生。愿2023年山河无恙，人间皆安。迎着
纷飞的雪花，我开车从汉口回武昌，一路上，我静静地听，
雪落的声音。

致夏

一指捻花，春非痴情
流水依然东去
几人心疼残红
风匆匆，云匆匆，人匆匆

入夏荫浓，情事已空
我在山巅北望
你于窗前妆容
意动动，念动动，心动动

雨后荷新，苔生旧径
又是一年绿深
谁与千里思人
山重重，水重重，路重重

雪日

落叶将岁月
回归泥土

雪花铺满川野
让往事归零

繁华的尽头
是寂寞
也是新生

暗示

在时间的路口
再一次，与你不期而遇
我，依然踌躇
你，依然羞涩

你的身影丰韵妖娆
卷起一阵清凉的秋风
在我眼底泛起微波
我用余光瞟向你
怦然心动
欲拒还迎，矜持而忐忑

或许，我应该用心揣摩
一枚红叶的暗示
如此天青水净的季节
时不我待
走上前去，心无旁骛
聆听，火辣的唇语

你不必对我说

你不必对我说
要把昨天忘得一干二净
让你的生命
再一次崭新

你不必对我说
只想看沿途的风景
让故事
有了另外的版本

你不必对我说
早已看穿了世间红尘
无谓爱恨
无谓一往情深

你不必对我说

要去追求别样的人生

我只想

余生

能有秋云的宁静

秋水的清澄

无端地伤感

怨风的无情摧残了落花
还是怨流水负了春天
不！我谁也不怨
我只怨自己无端地伤感

或许，用一场离殇来验证缘聚缘散
所有的困惑是否变得理所当然
从此不再固执地一厢情愿

别把恶名让无辜的风背负
其实流水更谈不上是一种背叛
顺着红尘的指针
故事绝非偶然，结局已是必然

这个春天过后
别忘了，还有下一个春天

天地清明

从某个夜晚抑或
清晨开始
一丝躁动在天地间
蔓延
记忆并非一片空白
总有些色彩
冰雪无法抹去

种子在黑暗里囚禁
太久
对光的渴望
是生命至上的诉求
爆发洪荒之力
打破魔咒
追寻明亮的自由

这是春的召唤
就算柔弱
就算微小
也不向压迫低头

不屈的意志
让苍白的世界觉醒
誓把荒凉驱逐

这才是春的样子啊
该有的美好都有
花的娇羞
叶的嫩绿
以及云朵与溪流
天地清明
人间长久

春天的故事

我约了嫣桃雪李，还有纱云清风
以及嫩绿软柔的杨柳
在一个风和日丽的午后
于芳草萋萋的河岸结伴而行

燕侣双双，蜂蝶结队
空气纯净甘甜
让每一次呼吸舒爽至极
于是，我有了莫名的想法

把一个暧昧的故事娓娓道来
季节发酵出荷尔蒙的味道
你在一场梦里笑成一朵海棠花
我却学风的样子
偷吻了你……

春雪之早，冬雪之迟

一场不应时令的雪，下在了江城
往年的阳光与花朵都隐忍不发
皆因这不速之客让期待充满意外
春节之后已有雨水光临
我理所当然地想象着雨过天晴的景致
通透的蓝，柔净的白，以及
让人慵懒缱绻的桃花日头
如此，我理好了一首诗的脉络

要不说人生充满变数
就像这场不请自来的雪
其姿，不可谓不洋洋洒洒
其色，不可谓不纯洁无瑕
其势，不可谓不铺天盖地
却依旧让人少了那种期待的热烈与惊喜
雪如鹅毛，于春尚早
雪若信使，于冬已迟

漫天飞舞的晶莹之花
本属寒冬里的一道风景

而我积攒的期盼

已然在岁尽时随凛冽的风呼啸而去

梅花孤独地灿烂过

我笔下的万千情愫皆是为春风桃李准备

时不我待，雪落枉然

那触地即化冰雕之心

在我眼底淌成一汪盈盈泛光的春水

牧雪人

春雪

一场春雪
续写了冬的余韵

二月，站在料峭的风中
许下清清白白的愿景

筹备已久的花事
被戏剧性地设下悬念

我相信，这神来之笔
必定能触发更多意外的惊喜

酝酿精彩绝伦的剧情
呈现一幕改天换地的壮景

秋之禅

风提笔作画
云与岁月留白
枝头的禅意
与一枚叶的归期有关

山外落日
沉入一汪沧海
草木遵循了处世的哲学
跟霜低头

水收敛本性
摁紧韵脚
把泛滥的野心
拱手相让

夜开始了黑色幽默
月载半船诗句
凌空而来
唯有寒星不动声色

暮秋黄昏

云端之上，鸟影隐没
某些意象被流放
夕阳点燃烽火
我把一些不安分的文字
发配至边疆

在更远的深蓝之外
山海无声
人间秋声渐竭
剧情在苍凉的背景里黯淡
曾经繁华的枝头
几点柿红，染了风霜

举起悲悯的目光
接纳草木最后的虔诚
在光明沉没之前
漂洗勇士脱下的战袍
听西风长啸，烈马嘶鸣

一颗敬畏之心，在泛黄的经卷前
拜伏良久

春晓

俏皮的阳光跳过含苞的枝头
轻轻落在睡眼惺忪的窗前

经过漫长而煎熬的等待
我和一粒种子
都铆足了新生的欲望
雨水已先行取悦了土地
那些带色的煽情
必须，由怀春的花草来完成

等等，能不能再多一点悬念
我需要拟好——
新颖而完美的开场白
像风一样温柔
像雨一样丝滑
像面对恋人时浪漫深情的告白

春晓，你若能来
那一树桃红正次第而开

若是春风，何须表白

季节之轮回，万物之宿命
时光给出了想要的答案
否极泰来，有衰败就会有繁荣

光阴流转，春的脚步悄然来临

广袤的原野
像一块巨大而神奇的调色板
小草鹅黄，探头探脑
花枝芳菲，桃李争艳
紫燕斜飞穿柳
蜂蝶翩舞寻香
远山近水，错落入画
醉了踏青之人

丛林翠染，鸟啼柔欢
溪水清澄，云影悠闲
拥无尽春色入梦
我心飞扬，捉字成诗

若是春风，何须表白

水火

在夕阳里，我用目光
将迎面的凶悍击碎
于是眼底的火
也随那排山倒海的号角
飞溅而出

一汪幽青，深不可见
所有的心事
藏匿于连绵不绝的雷霆之中
风尖如刀，势如破竹
一只飘浮的白鸟
被泼洒的火焰点燃了翅膀

万顷波澜
漫浸着我放开的胸膛
水火交融的人间
再一次上演了某种悖论
搏浪千里
了悟刚柔相济

独立潮头
君临天下

清明雨

一场雨，下在了清明
恰好的时节

从前的车马
在远去的时空里卷起尘烟
杏花村的酒
饮了千年，醉了千年
魂兮，归兮

时代的浪潮
将匆忙的人群推向峰值
唯有神圣的祭祀
坟上的花束与坟前的纸钱
见证——
一年一度的追思

时雨洗尘
日月常新

2024 年 4 月 5 日　于通城檀山

时间，时间

时间，将一切都作了安排
从过去到未来
每一处节点，每一个事件
都作了精准的预判

时间，时间
一刻不停
摸不着，看不见
却又真真切切让世界发生改变
让你我，再也回不到从前

时间，时间
一支疾射而出的箭
我这短暂而漫长的一生啊
不过是
那飞行轨迹上——
渺如尘埃的一点

一趟人间
一声感叹

若

我若春风
其清，其扬

我若萤火
其微，其芒

我若老树
其静，其殇

写秋

该如何落笔
写一帧淡雅悠远的意境
风太疾，云太轻
我怕一挥而就
少了墨色的厚重跟底蕴

还是从一泓秋水开始吧
毕竟，渗透时间铺垫的滤层
除去了杂质与异物
才有了一尘不染的澄净
一眼万年的空灵

然后，转承至山岚之势
与旷野相倚
纵横自若，大开大合
缀以层林尽染
吞吐日月，涵盖乾坤

于此，我便收笔无声
拂过劲草黄花
撷一缕清香月色
入梦

静默的眼睛

不再说话，你的眼睛
在一汪秋水里静默
将深处的寒意浮上来
如白茫的霜

数不清那是第几片坠落的叶子
叠了一层又一层
仿佛这样，才可抵御即将到来的冷
才能忘却破碎的疼

那忽闪忽闪的歌声哟
在一阵风里丢了魂
是否忘了——
那个在黑夜里赶路的人

牧
云
人

思念的尽头

除了天空，我看不到海的尽头
除了云朵，我不知天涯何处

山依旧遥远
海在山的那一边
浩瀚，绵延

我也望不见秋的尽头
除了，落叶纷飞，白水生烟
我看不见——
你泪雨婆娑的眼

思念的尽头是什么
我想问一问云中孤雁

一叶秋意

落墨千行
犹将山水着色
云烟往昔
一一淡淡风去

那时节
也曾花前月下
卿卿我我
成追忆

纵写尽
一卷红尘痴怨
却奈何
已然河东河西

与其逢
了悟一叶秋意

秋来，不经意间的落寞

一万次的远行，于风
不过是奔波的一生
那一片路过的云朵啊
也曾，或笑或泣
剪辑一段烟雨飘摇的过往
祭奠病逝的河流

当茅叶锈蚀成一支斑驳的箭
那潭望穿星空的秋水
坍塌成一滴凛冽的眼泪
淹没了灼热的火把
手中弓老弦陈
我射不下来那声凄婉的雁鸣

秋来，不经意间的落寞
守着一纸弱不禁风的文字
说来话长

四月，许一个愿望

用一笔轻描淡写
轻轻划过褪色的残红
那些已成追忆的伤感，似落花，随流水

尘封过往，惜取芳华
暂将一颗多愁善感的心萦系于水云间
笑语盈盈处，南风正迎面
新的消息应该充满惊喜
或许，正好填补一度无由的空虚

采一捧槐花雪白的芳香
重温当年那个青涩的梦
四月，我许下一个愿望

远方

远方，很远，遥不可及
远方，很近，一念之间

诗与酒
是眼中跳动的火焰
灵与肉
是心中永远的矛盾

梦如花开花又落
情如潮涨潮又消
诗情与画意
抵不过一袭江南的烟雨
流水作别青山
去追逐一汪蔚蓝
风云的脚步
始终到达不了终点

我眺望远方
站在白天与黑夜的界线
一半，烟火袅袅
一半，星光熠熠

独白

倘若，这人海潮涌

几番起落

我亦是那无根之水

于汪洋之中

随波逐流

你能否分辨

水中之月几分明

身后影子正与斜

当选择成为身不由己

唯能，将自己置于无声的世界

烟云过后，红日初升

清水过处，莲生于心

午后的那一米阳光

透过树叶郁郁葱葱、错综复杂的间隙

用炽热的温度

将身躯汽化

从地面升腾至高高的天空

以云的洁白与自由

对着前世今生

静静地凝眸

我打碎了夕阳

我打碎了夕阳
让云朵泛起道道霞光
在暖柔的风中悠悠荡漾
轻轻吻上我的脸庞

我打碎了夕阳
将一个童话写在天上
像天使张开翅膀
飞进我五彩斑斓的梦乡

我打碎了夕阳
看桃花朵朵于眼底开放
带着春天的体香
约会我心爱的姑娘

我打碎了夕阳
拼成窗前的一轮白月光
洒满我的诗行与远方
融化心头那层千年的霜

杨花又起

在四月的风里
私藏一段留白的时光
将苟且的生活，看轻，看淡

就算是做个过客
这人间，我也曾投下深情的目光
不在意谁的记忆或遗忘

我带着梦儿飞翔
天地，微渺如尘

杨花又起，飘啊飘

三月局

当风扶起泥土上的一丛新绿
我不再为冷漠与傲慢辩护
借冰雪之名而寒了世人之心
就应该在阳光下伏法

枝头的热烈是可以传染的
从一点二点到无数点
直至几何式地增长与爆发
一夜之间，沸腾成海

我必须承认——
我无法抗拒你甜美的笑容
踏进三月精心的布局中
身陷阳谋，沉沦忘返

牧云人

深浅之谜

我的眼窝太浅
装不下你的一滴眼泪

你的酒窝太深
装下了我的整个春天

无你不欢

是风涂改了誓言
还是雨淹没了思念

从雪花等到桃花
从冰封等到泛滥
而等来的
依然是——
一场花草如锦的盛宴
一句不见不散的谎言

你知不知道
就算这个春天再美
对我而言
——无你不欢

第五篇　咫尺天涯之故人篇

美丽的姑娘啊！今夜

夏雨润新荷，草漫蜓天

清风袅袅处，情定玉桥边

唯愿此情此景无日醒

蒹葭苍苍，皆作清辉入梦来

今夜，请允许我路过你的梦

美丽的姑娘，今夜

我就要启程去远方

传说那里是春花的海洋

以及悠悠白云的梦乡

于是我乘坐蒲公英的降落伞

随着季节温柔的风

轻盈地飞啊！飞向那片你点亮的星光

美丽的姑娘，今夜

请允许我路过你的梦

饮一杯青涩的梅子酒

抚一曲高山流水谢知音

我要在你一帘花月的窗外驻足

将心儿挂在你那微微上扬的唇角

听取燕语轻轻地呢喃

美丽的姑娘啊！今夜

夏雨润新荷，草漫蜓天

清风袅袅处，情定玉桥边

唯愿此情此景无日醒

蒹葭苍苍，皆作清辉入梦来

回乡偶书

——愿用我一切，换我儿时：父母芳华，祖辈安康！

空荡的屋子住着母亲
偌大的村庄住着风

疯长的不止是思念
还有，那些拦住去路的草
像一堵堵墙

草守在村口的路两旁
高出我的头
它们不认识我，我却认得路

沉默的瓦片
漂浮在一窝青苔上
于风雨中起起伏伏

明明是归人
何以成过客

我站在深秋望故乡

风举起鞭子
将一棵棵树，抽打得遍体鳞伤
也抽打着干涸的河床
捡起一片伤残的叶子
我站在深秋遥望故乡

没有人能懂得，一朵云的忧伤
没有人能明了，四海为家的彷徨
这一路的山高水长
总是错把他乡当故乡

在茫茫人海击风搏浪
于沉沉浮浮的漂泊中囤积沧桑
于一湾清冷的梦里
打捞起一片故乡的月光
我站在深秋望故乡
再也望不见爷爷如山的脊梁
只看见（再也看不见）奶奶守着空洞的门窗
在古老的树下，举目眺望

风的鞭子哟

一鞭一鞭抽打在我的心上

一条疼痛的河流

无声地流淌，流淌

注：清明过后半月有余，2023 年 4 月 23 日，江城武汉一日降温近二十摄氏度，骤入深秋严冬。正感叹人生如天气之变幻，突闻好友阙 JY 的爷爷不幸辞世，不由得想起逝去多年的爷爷，同感别离之痛，哽咽难抑。谨以此诗献给好友的爷爷和我们深藏的思念。

2023 年 4 月 27 日于武汉韵湖

近乡情更怯

一

那草，疯长
漫过田埂
像一堵望不穿的墙

路，隐藏在墙缝中
如一道裂纹
撕开尘封的时光

二

池塘填满淤泥
再也盛不下
那清澈的记忆

钓鱼人的线
收了又收
鱼，却躲进了泥里

三

坡上的野菊

黄得金灿耀眼

却看不到一个人影

田里的谷茬站得笔直

只是那神情

像极我近乡的生怯

秋月

夜，赠予我一窗秋月
淡雅如水
这是我贪恋的素净
执着于此
诗心如鱼，游弋在自由的海洋

知我者，秋月也
此情无以为报
唯将那些欢愉的文字
编织成花环
回馈这一眸至美的月色

这富氧的夜哟
让我的灵魂无比舒畅
轻柔的银辉
幻化出灵动的翅膀
带着我，在万水千山间
向有你的远方
飞翔，飞翔

牧云人

辞秋

等一朵云
在我清冷的门庭歇脚
于是，我便煮茶邀鹤
闲话东篱陶菊

原上之草都已老矣
除了消瘦的心事
随呼啸的风声倒伏一地
难寻，风华正茂

雁阵荡过山峦
皱了星月下的止水
一枚红叶飘落我的掌上
如一封
笔力苍劲的辞呈

如秋

人是故人，秋非往秋

世间的炎凉
如这春去秋来
老了花香，草瘦枝黄

终不禁
叹云淡天高
山寒石乱
水冷星沉

回首处，大风歌罢
不经留，时岁如烟

结庐乡野
烹茶饮月
细数朝晖鸟啼
夕阳碎梦

秋心

我知道你素雅的心思
云一样轻柔洁白
我需要用水的净澈与之呼应
成就天作之合

如此，你便在我眼中沉潜
待星光落入茶盏
我会把你捧于掌上，吻于唇间

你不必为一片落叶而忧伤
它在我的眼眸中依然青葱如故
秋心一瓣，荡漾摇曳

我的廊桥

我确定，这里就是我的廊桥
是我梦起梦灭的地方
在一场偶遇里，在一次对视中

我从你的眼睛开始一路追寻
第一次看到了爱火的纯真
没有虚伪的羽毛
只有清澈见底的坦诚

是的，我在这里遇见你
我的弗朗西斯卡
在一条通往天涯海角的路上遇见你
在我梦中的廊桥与你邂逅

我把我这一生唯一的爱情
浓缩在遇见你的四天里
能够成为你心中永远的罗伯特
多么幸运，多么幸福
足以让我相信——
不虚此行，不枉此生

我愿将我的梦遗落在遇见你的廊桥

一梦不醒……

夕阳之怀古

当新的风暴尚未形成
落日下的群山
凸现绝不屈服的刚毅

黄昏的鸟投身一片火海
大漠里所有的沙砾
都严阵以待
残阳如血，金戈铁马
旌旗与烈酒
在一条通向远古的河流中
沉浮，嘶鸣

春光一直徘徊在玉门之外
羌笛沉默已久
将军的箭
洞穿敌人的胸膛
却射不下
长安的一轮明月

笙歌又起，灯红酒绿

征人的血在荒凉的夜里滚烫

沸腾盛世之下的

宝马香车

第五篇　咫尺天涯之故人篇

冷月无痕

恣意挥洒万年的孤独
玄冰如铁
泛起灼眼的寒芒

失声的世界
从没有人能真正懂得
何以如此——
卓尔不群
跳出三界之外
由此，不食人间烟火

悲悯的心啊
历经无数个阴晴圆缺
阅尽红尘离合
见惯俗世悲欢
可怜那身陷囹圄的痴男怨女
梦非梦，醒非醒

殊不知——
沧海桑田，冷月无痕

孤烟

千里之外
或是山，或是海
或是一望荒丘
或是一垄忘川
于纸墨里，四季迷离

咫尺之间
藏了无尽沟壑
藏了日月
藏了青葱与霜白
藏了太多的——
爱而不得

荒凉之城的孤烟
于夕阳里笔直
伸延了数个世纪
依然，距你的世界
一步之遥

回眸

除了受宠的花草，我会
留下一些诗意与赞美
毫不吝啬
献给这寂静而深邃的夜空

看似的遥远
并不是不可到达
就像此时，心念一动
我便横渡沧海
于潮水涨落的间隙中
飞越群山
去你新种的诗行
重逢，叙旧

恰好，借一汪清凉的月色
回眸当年
时光未老，梦亦芳菲

沧海蝶

彼岸，太远
梦境，太宽
就算那花只为我而开
就算那花只为我而败
可是啊
我的翅膀太薄，太短
搏击不了长空
斗不了那滔天的巨浪啊
只能
用一些花里胡哨的颜色
换点虚名

除此之外
毫无意义
一只沧海蝶的归宿
不过是——
别人诗句里的标本

笙箫默

海天的潮起潮落
让心，走不出霞光铺就的绚景

浪花的簇拥，苍白而虚幻
一只孤鸟在搏击长空
我的凝望，饱含深情与苦涩

怜惜你孤独而骄傲的灵魂
时光干涸成纤瘦的纸张

就算，曾经懂得
只可惜
星月沉沦，笙箫已默

牧云人

你知道的和你不知道的

你知道的，是岁月的刀剑

剐出生活的碎屑，覆如霜雪

你知道的，是一滴不经意的眼

泪，顷刻倾盆

你知道的，是一个春天老死之

后，流水为一瓣落花招魂

是的，这些你都知道

你知道的，是一杯人走茶凉的浮沉，暖冷莫问

你知道的，是一把伞下的久别重

逢，打湿了身影

你知道的，是一枕白色的月光染

梦，蚀出斑驳的锈痕

是的，这些你都知道

可是，除了这些

还有你不知道的我那无法言语的疼痛

以及，在某个深夜离家出走的心神

你不知道的，是一首诗的围城
在荒凉与繁华的战争中九死一生

你不知道的
绝情的背后是深情

夜色中的马达声

蓝色的汽车，如离弦之箭
刺破寂寥的夜色
射向茫茫无边的深远

呼啸的声音
将灯火里的眷恋回放

沉默的车窗里
我的无眠依依不舍
苍白的夜色中
你的送别近在咫尺

2021 年 10 月 18 日访挚友返汉途中有感

笑而不语

看得通透
所以，糊涂

树木自断枯枝
鸟儿爱惜羽毛

世间的善恶真假
从来不是绝对

岁月无声
笑而不语

你的美

你的美，是多么的与众不同
像秋夜里安静的百合
天然，却是如此高贵

月光的铺陈恰到好处
水的梦，泛滥了我的一往情深

那种美，已让我的诗句语无伦次
平日里的狂放竟然变得
羞羞答答

风景

我把世间的风景
尽收眼底
我把眼中的风景
安放心上
我把心里的风景
流露笔端
我把笔下的风景
摁进诗行
人生最美的风景
莫过于
我们拥有无悔的一生

街角的小摊

夜幕落下

路灯再次睁开睡眼

风呼啸着，冷嗖嗖

行人，竖起了衣领

街角的小摊准时支起

顿时热气腾腾

一张笑脸如迎春花般盛开

灯光下尤为娇美动人

您来啦！脆声相迎

您慢走！轻语相送

跳跃的手指如弹奏琴键

一碗香软的馄饨

恰似一捧温暖的人间烟火

总能给我一份安心与满足

无尽处

天地之间，无尽的空旷
时光缥缈如烟
鸟影掠过又有新的鸟飞来
只是，转眼了无痕

路在脚下延伸
如线，将一堆零散的日子串起
串作一个人的一生

回望处已空空如也
眼前人总是不停地来去
像那些鸟影……

离开只是迟早的事
结果不管是否如我所想所愿
都将坦然接受
让无尽处的无尽唏嘘——
一切随缘，一切随心

牧云人

暖阳

早春的温暖是你带给我的
我欣喜地迎接与拥抱
你的目光紧贴我的脸庞
抚摸着每一寸裸露的肌肤

夜的寒冷在你的微笑中融化
梅次第而开
鸟儿晾晒着羽毛
欢快的曲子契合我文字的节奏

一切，仍是那么祥和柔美
天空给予我极目千里的明亮
揣一怀暖阳
构思春天的模样

致奥黛丽·赫本

那淡笑是三月里正旺的桃花

摇曳在我春风荡漾的梦里

而梦里，我变作一只蝶

蝶儿斑斓的翅膀

是我精心装扮的情话

在月明风柔的春夜

千百次地，诵读烙在我心上的台词

（请抬起你的头，我的公主……）

哦！高贵典雅的赫本

那是我十八岁生日时得到的最珍贵的礼物

一张电影杂志上的照片——

奥黛丽·赫本，最能治愈人心的美

从此我心中住了一位女神

跨越地域与阶层

突破人性中那低级的欲望

灵魂与之相守

在那个无与伦比的《罗马假日》

一个不相干的人

一个不相干的人
她左右不了我的情绪
就像，我左右不了季节的走势
她是我的路人
我是季节的过客

夏夜里的每一片月光
都是那么寡淡
月光里的每一寸思念
都是那么苍白
风，在我的诗行中失去了方向

走在别人走过的街
我留下单薄的影子

空心

你说
心是空的

若非
何以装不下
三个字

无声的呼喊

我知道，这不是错觉
不是被风刮倒的横斜的影子
那重重的压迫感
真实得让人呼吸困难而急促
手是冰凉的手
只有心口依旧如火
听见你的脚步声一遍遍响起
近了，远了
茫然的眼睛灌满了无助
最痛的痛，是发不出声音的
就像我——
明明看见你的背影
却无法张口喊出
那个锈在声带上的名字

半窗光阴

不要完全打开
心思，需要半遮半掩
就像诗
意，不能尽了

我的窗也如此
月亮也是
那人的眼睛也是
一半深，一半浅

你的

你的——
眼眸太深
能容纳我所有的梦

你的——
酒窝太浅
盛不下两朵雪里梅红

你的——
唇太暖
燃我余生

起风了

清寂的眼眸泛了涟漪

起伏的呼吸

推开波浪

起风了

我骄傲地昂首相迎

在巨石之上

站成——

一朵雪白的浪花

北方的海

江南的烟雨
临摹不出北方的海
千万里的风
翻山越岭来到我梦里
思潮起起落落
心绪，几许黏稠与咸湿
那些无根之花
层层叠叠地开了又谢
湮灭在——
不可触摸的海

如果，世界能够折叠

如果，世界能够折叠
是否，我就可以与你重合
在相向的两个面
一双眼睛走进另一双眼睛
一颗心碰撞另一颗心

如果，时间能够折叠
我会，把你折在生命的扉页
让初见的场景前移
让每一寸老旧的光阴触手可及
让每一缕思念零距离

如果，命运能够折叠
必定，与你见证苦难逆转的奇迹
我要送你江南最美的烟雨
将最柔软的文字种在你的梦里

牧云人

你啊

我确信，这些不会消失
不会平白无故地人间蒸发
那风，那水，那人
那一眼万年的初见
那死去活来的爱情
这些，都必然留下了痕迹
留下了最真实的甜蜜与伤痛
你啊——
可还记得
记得那个春天的花草
记得那个夏日的雨云
记得那个秋夜的满月
记得那个冬晨的飞雪
你啊……
这些，你可还记得
如果，你记不起
那就，把我也忘记
忘得——
一干二净

红尘烈

切莫，在一梦难醒里纠缠
牵牛花的藤蔓
爬了一程又一程
绕了一圈又一圈
依然不可触及对岸

真的无须望眼欲穿
这红尘之苦一目了然
将日子熬成水
将心事熬成铁
万里之遥，一抹云烟

等一个清凉之夜
等深情轻如一片白羽
饮一壶烈酒
任我纵横天地之间

暮色稻香

稻穗弯下腰时
我正望向一条河
风，顺着河谷
捎来，一缕乳白的炊烟

夕阳下，奶奶守着稻田
饱满诚实的稻子
就像，一个个乖巧的孩子
最懂，奶奶藏在鱼尾纹里的笑意

穗子弯下腰
搀扶着有些驼背的奶奶
她们，缓缓走在——
一个金灿灿的黄昏

韵湖秋

俗墨难描嫦娥之姿
我站在韵湖秋
抬头仰望——
一轮满月，一树桂香

注：2023 年 9 月 29 日夜，韵湖畔，我伫立在 2023 年
的第八个山头。

牧
雲
人

冷月千山

今夜，我要烫一壶酒
做一回贪杯的俗人
趁秋风未凉
趁月色温柔
趁千山尚未白首
趁灵魂酷爱自由
把酒，把酒
揽一怀文采风流
乘风舞
纵横这冷月千山
消了人间苦愁
来，来，来
与卿饮，杯中尽
对酒当歌
不醉不休

望天涯

你躲进一段沉寂里把相思熬成铁
我欲捧一束春风献予你的梦
隔山隔水的两个人
终是在岁月里相望成彼此的天涯

灵魂的纬度

我知道的
无法进入你的纬度世界
山水太遥远
四季太漫长
在同一个落日里
在同一片清辉下
我与你，终是那画里画外的两个人

你的时间刻度上没有我的倒影
我的璀璨星河中却有你的凝视

若，真的存在某种超越生死的感知
那一定是两个灵魂签下的契约
时光不毁，元神不灭
就像，今生今世的你我
就像，你我之间的约定

黎明的风

才思干涸——
就像，五月底的太阳下
被蒸发的水汽
拼不出一朵花的样子来
为你安排某种仪式

那就化成一朵云吧
在天空晃晃悠悠地飘
将千山万水浓缩成一滴眼泪
于星光沉睡的夜晚
冲出一条流进你梦中的河

黎明，等黑色的潮水退却
我便是那一缕向你迎面吹去的风

牧云人

一个人的酒

一只孤独的杯子
只有，在品尝火辣的往事时
才感觉有了存在的意义
时光是透明的
酒，也一样

寄托心绪的不二媒介
始于唇齿
落于肚腹
融于血脉
渐次感受半梦半醒的奇妙

一个人的清欢如此简单
一杯酒的时光如此轻盈
世界，那么远
你，那么近……

既然

既然，躲不过岁月的鞭子
又何必再逃
每一下抽打，都是验证生活的真实

既然，我忘不了你
又何必再忘
每一次强迫，无不自欺欺人

就让该来的都来吧
反正，已没有什么可失去的
除了卑微如尘的生命

将一辈子活成一个黑色的幽默
但，绝不能让你知道

秋白

无论你怎么巧舌如簧
凋零，是不争的
面对，才是最好的结局

风华绝代不是专利
容颜易老
精华从来亦非表象

青丝有青丝的姿
白首有白首的韵
春夏不再，秋老冬临
衰之亦不失优雅

吾心如草芥
枯败之后
待东风浩荡之时
雪尽，荣焉

风语

风打开话匣子时，我刚从梦中醒
来。云已隐去，月光清白
拾起枕畔温柔的唇语
聆听，那划过时空的声音

星子还是离我那么遥远
孤单的凝视，已然
是我习惯了独处时的风景

窗前的空旷被流淌的光影
伪装成一张画
只是，少了你微笑的样子
寂寞，依旧是我
唯一能看懂的意象

风说了好多让我耳根发烫的话
像你滚烫的呼吸

牧云人

清欢

煮一壶秋色
独酌一杯清欢
细品岁月成熟的宁静
在云淡风轻的闲适里
做一回喜欢的自己
乐享久违的从容与惬意

世事纷纷扰扰
让人无处可逃
诗与远方
浓缩成生活的酸甜苦辣咸

时光等不了心事太重的人
放得下与放不下的
不经意蜕变得面目全非
遗憾既然在所难免
何必心有不甘，孰料理所当然

承欢

该拿什么来取悦
这初夏的光阴
我不想做一无是处的苦主
重蹈认命的覆辙
既然，难平青绿的汹涌
那就，做一个殉情的英雄
不叫满腹的辛酸
只在月下徘徊

我要借一股风的磅礴
任性一回
让消失的棱角重新分明
回应远方的呼唤
纵马千山
为你，无所畏惧

余生无他，只为承欢一人

第六篇 一念花开之祝福篇

每一朵花儿的深处
都隐藏着层层叠叠的心事
从初春，至夏末
无人诉说

花之物语

每一朵花儿的深处
都隐藏着层层叠叠的心事
从初春，至夏末
无人诉说

领略了她的繁华
闻过了她的芬芳
你可知道她的寂寞
与水一样的忧伤

栀子花开

你一直等在五月的月光里
把一生的清白倾诉于星露
哪怕，由此而孤独万年
你是我最钟爱的花
是我臣服岁月而从未放弃的信念

不与姹紫嫣红的群芳争宠
只在夏风吹拂的夜，素面朝天
将干净的心事遥寄星辰
用一缕芳魂吟唱人间清欢

栀子花儿开在五月的清凉里
像极我梦中的仙子
在薄薄的晨雾中翩翩起舞
碧绿的枝叶如裙带飘飞
仿佛，耳畔萦绕那瑶池醉心的丝竹

我是如此仰慕
你天然洁净的容颜
我是如此迷恋

你端庄优雅的内涵

栀子花开，我心怡然

当我向你挥手时

——致传媒学院 2022 届毕业生

习惯了你们的青春洋溢
那俊朗的身姿，那灿烂的笑脸
以及毫无修饰的鲜活气息
像极校园里葱茏的花木
让我们的四季绚丽多彩
让我们的世界朝气蓬勃
更让我的心灵如沐春风夏雨

你们是我眼中茁壮的树啊
是我感知活力与美好的参照
就如同曾经的我
那么斗志昂扬，那么热血沸腾
仿佛那燃烧的岁月从未远离
一直与我结伴而行
领略这书山学海的无限风景

时光之箭呼啸而过
射落数载欢声笑语的朝夕

又是一年毕业季

心，莫名地惆怅

说不清因曾经拥有的过往，还是

所剩无几的陪伴

树将参天，花已怒放

只是，当我向你挥手时

这份祝福与眷恋

是我留给你们——他年重逢的信物

最是难忘

——致传媒学院 2023 届毕业生

我知道我的忧伤从何而来
就像我知道，春天终归要离我而去
当往事变成记忆
当记忆催生思念
美好的，愉悦的过往
反而在心底烙下难以愈合的伤

如果可以，我宁愿选择忘记
从此不再因思念而心碎

有时，真的羡慕流水的勇气
就算泪流满面
也要毅然决然地离去
哪怕，再见无期

眉间轻愁不忍见
剪剪西风微微寒，转眼泪潸然

牧云人

最是难忘

树与根，花与叶的情谊

一朵朵梅花、一树树樱花、一张张笑脸

开在我泛白的诗行里

一道光

题记：母亲永远是孩子眼中最美的那一束光。生日之际，献给我的母亲——方瑞兰女士。

一道光，犁开冰硬的外壳
把一粒种子的秘密向世人宣告

从一朵花绽放开始
从一枚果孕育开始

尽管肉体曾囚禁于黑暗之城
等待……生命的光芒一朝破土

无数次勾勒蓝天白云的样子
用炽热的目光将生命与梦想托举

母亲谆谆告诫：
我儿须努力，人间多风雨

2022 年 7 月 11 日

故乡的路

通向故乡的路
是一条拉链

归来，思念紧紧地收拢
目光咬合成一条直线

离去，深情被撕裂
那路啊！划开一道难以愈合的
伤口……

那只蝶

把一缕春光缠绕在指尖
心花，在和畅的风里
舒适地开

我眼中的春色
燃起跳动的诗意
嫣然了一只蝶儿的表白

你含羞而笑
在临水的岸边亭亭玉立

我不想做那朵路过的云
就让我变成那只蝶吧
悄悄对你耳语

我的花儿

岁月的尘埃
无法掩盖她的光芒
我的花儿，她已怒放

当光阴如流水洗尽芳华
青春的音符
风的遐想
如梦似幻飘散

攥一把破碎的光影
拼凑出几行——
灰白的文字

唯独，心头的一抹余温
在陈年旧事的回放里
烘托出
那一朵鲜活的晴柔

我的花儿，她已怒放

白羽

收集每一寸阳光，铺满
温馨的午后
我渴望与一段旧事重逢
在春天的某个角落
邂逅当年的懵懂
于江水悄然潮涨时
打捞起从远方漂流而来的青涩年华

你的眼睛里
藏着白云缥缈的晴空
隐隐的光亮
盈跃在海蓝色的梦境中
我的心，就是那只
翱翔于云端之上的白鸟
轻柔地，舒缓地
划过——纯净的时光

你纤灵的指尖
迎风而舞
我那无忧的岁月啊

如一片，轻柔的羽毛

忽闪着，旋转着

飘啊……飘……

  注：2023年4月5日，我赴重庆参加三维数字化创新设计大赛启动仪式、元宇宙·数字孪生·3D/XR技术与教师教学创新应用高级师资研修班及第58·59届中国高等教育博览会等活动。

  4月6日，在重庆工作的大学同学鲁建平和严加文得知我来渝，驱车二十多公里赶来与我相聚。我们久别重逢，相拥在一起；追忆曾经学习、生活的点点滴滴；分享彼此的成长和收获。会议之余，我们一同游览了解放碑、洪崖洞等，还品尝了重庆火锅，仿佛回到年少轻狂的青葱岁月。我端起久违的酒杯，多想在这欢畅的笑声中一醉不醒。短暂的相聚，让我们深深体会到同学情谊的深厚和珍贵。4月9日下午，我恋恋不舍地踏上返程的高铁，抬脚仿佛已是半生。而一直阴沉的天终于放晴，我抬眼望向万里晴空，只见一只孤独的白鸟从天空飞过。是归巢？是离去？……

  2023年4月9日初稿，乘G3472高铁返汉途中

  2023年4月15日二稿，于汉院305

梅林幽香

梅林幽香，樱花烂漫
映山红红艳艳，山菊花金灿灿
你们知道汉院少年杨高飞吗
他青春洋溢，帅气阳光
矫健如骏马，驰骋赛场
他目光清澈，自信开朗
敢为人先，奋发图强

梅林幽香，樱花烂漫
映山红红艳艳，山菊花金灿灿
你们认识牛泥村的少年杨高飞吗
他热情善良，勇敢坚定
孝顺又勤劳，朴实自强
他谨慎谦虚，团结勇毅
无私宽容，乐于助人

梅林幽香，樱花烂漫
映山红红艳艳，山菊花金灿灿
谁承想啊！一场突如其来的山火
在万家团圆的除夕燃起

他没有分秒的犹豫，没有丝毫的退却

一头扎进浓烈的火场

无情的烈焰呀！

吞噬了少年的身躯与梦想！

梅林依旧，樱花如期

而他用稚嫩的肩膀扛起沉重的担当

年轻的生命却永远定格在十九岁

给他爱的和爱他的人们留下无尽的惋惜与哀伤

冲天的火光啊

印染了血一样的悲壮

注：2018年2月15日农历除夕，在云南省昭通市巧家县蒙姑镇牛泥村小米社，一场山林大火打破了节日的祥和和喜庆。放寒假在家的汉口学院2017级行政管理专业学生杨高飞闻讯，没有丝毫迟疑，毅然上山灭火。灭火过程中，由于风向突变，火势蔓延，杨高飞被烧伤，终因伤势过重抢救无效，年仅十九岁的杨高飞同学不幸牺牲。2018年2月23日，汉口学院追授杨高飞同学"见义勇为、学生楷模"称号。2018年2月24日，湖北省团委追授杨高飞同学"湖北优秀共青团员"称号，颁发"五四青年奖章"。谨以此诗，向英雄致敬！

有一种快乐

我深信，这世间有个懂我的人
就像，我懂她

倘若，她是那秋空的一片云
我想，我一定是她身旁的风
隐于无形
用灵魂托举她向往自由的行程

我拒绝将彼此定位成
高山或大海
没有故作的高冷
也没有刻意的深沉
我情愿，她是一朵无名之花
而我，做棵与之忧欢同频的小草

我不会嫉妒属于她的甜蜜
更不会抢夺她拥有的幸福
因懂得而珍惜
因珍惜而无求

有一种快乐就是看到她快乐

风月

一朵花，开得欢愉或颓废
与风，来与不来，无关
有些心情，不需要挑逗与摆弄

一朵花，活得饱满与羸弱
与月，圆与不圆，无关
某种际遇，不需要刻意去安排

我用一首诗去讲述我的梦
就像，我用一束花装饰我的窗
梦，会不会同一个梦
窗，是不是同一扇窗

只为，人间有你

我深信，在这茫茫的人世间
一定会有一位痴情的女子
为我点亮一扇橘红的窗
将她一生最美好的爱恋奉献给我
为此，我跋山涉水
为此，我穿越风雨
为此，我翻越人生的波涛
寻觅她的贤淑与美丽
爱慕她的温柔和善良

岁月更替，光阴变迁
我一往情深地奔波在时间的长河
屡屡受伤却无比坚定
我知道她在某个山清水秀的地方
等我为她奉上一生一世的晴柔
如山水相依，血脉相连
观霞光映日，瞻孤烟大漠

是的，我在这充满艰辛的人世

像岩石般坚硬

只为，那一窗温柔的灯火

只为，人间有你

丁香花

时日已久
烟雨与星光
在梦里不断交替
江南的画卷中
怎能
没有你

是谁
让你着染了伤感的颜色
总将一把伞
与你拴在一起
心念触及
不由得一声叹息

其实，又有多少人懂你
那些枉费的笔墨
只不过
在宣泄着自己的情绪
强把一缕落寞
将你

内心的欢喜排挤

你是天国之花啊
应该由
纯美跟快乐来定义
我一直在等你
花开之时
告诉你
那个藏在雨巷里的
小秘密

流星

流星
极速划过

有人说
它会坠入深渊

我说
它将到达彼岸

平凡的世界

这世界多姿多彩
交替变换的春风夏雨秋月冬雪
总是让人目不暇接
世界那么大
生活热闹非凡
为何？我却孤孤单单

也许我今生注定平凡
与生俱来的淡然
不逐不抢，不争不辩
一切顺其自然
是红尘历劫的自我修炼

平凡的人总渴望简简单单
择一方水土随遇而安
茅舍几间，二亩薄田
邂逅至爱红颜
朝迎晨风，暮送斜雨
细数桑麻话流年

美哉！悠然

温酒煮茶，寻诗舞剑

只羡鸳鸯不羡仙

牧云人

我是山

我把我的意志
刻成山
镇守一河清流

在古老的岸
温情凝望

让白炽的火焰
锻造刚毅的轮廓
听脆甜的歌声
日夜不歇

就这样与星月同在
哪怕，那些
脚步匆匆远去

菊

古往今来，有太多的笔墨写你
写尽你卓越的风姿
写尽你傲视群芳的气宇轩昂

自知难与历代名人雅士比肩
所以，我写菊
不写她悠然南山的清高遗世
不写她抱老枝头的铁血丹心
不写她人比黄花瘦的深闺怨
更不写她满城金甲的霸气与肃杀

我若写菊
只用淡墨雅香，轻柔落笔
挑开霜色的面纱
嗅出一道曲径通幽的心香
在一汪百转千回的梦中沉醉
我写她的女儿之心
写她在秋夜囤积的柔弱与期盼
以及，永与春别的落寞忧伤
还写她丝丝缕缕的儿女情长

我不想一气呵成

我会在她优雅的蕊中停顿

闭目而思，穿越光阴

于香肩肥臀的车马长安

于那一眼摄人心魄的回眸中

峰回路转，翩翩收势

定格

致木芙蓉

我不想费尽口舌
细说你的倔强与多情
或是，以怎样的方式谢幕

一朵花的万千诗意
一个秋的生离死别

风将刀举起时
已然漠视了所有的眼泪
是铁律
更是劫数

时光与水
同样在流淌
只是
一个无声
一个无情

争执

风与树，起了争执
它们在合作演唱一首歌
树抱怨风带偏节奏
风奚落树忘了歌词
它俩吵呀吵
直到声嘶力竭
树静风止

山与水，起了争执
它们本是亲密的情侣
可水说想追寻大海
而山要用身躯阻止
它俩争啊争
直到山高水长
地老天荒

太阳与云朵，起了争执
它们在共同酝酿一场雨
云说阳光太过炽烈
太阳说云过于冷漠

直到雨过天晴
彩虹当空

肉体与灵魂，起了争执
它们在同写一首生命之诗
可肉体找了现实作宿主
而灵魂成了孤独的浪人
它俩分又合
直到沧海桑田
彼此唯一

日子

一、种子
用昂首的坚持
一生
只为，收获
一个低头的秋天

二、过程
枯燥或精彩
时间没有质变
经历即过程
生命的走向
注定，殊途同归

三、意义
意义的界定
大小与否
不在于外部因素
而是
取决于意义本身

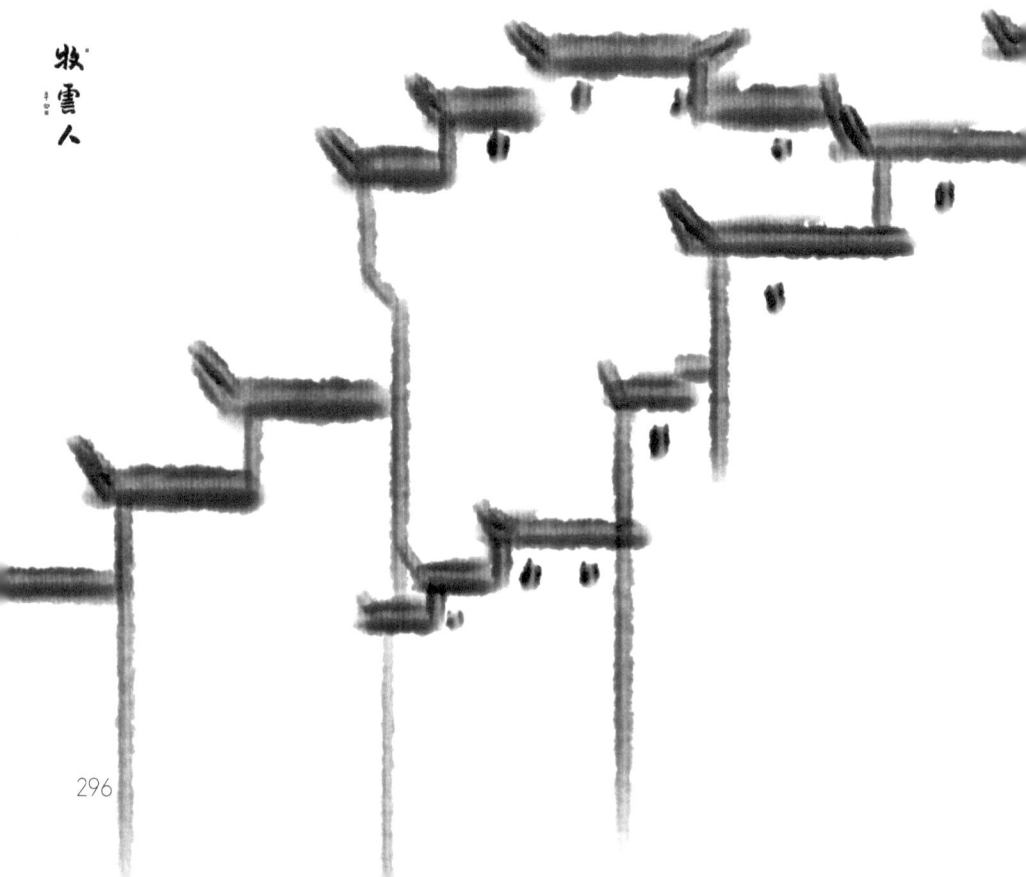

四、日子

从一开始

日子就被分成等份

它的量变

计算了

人生命的长短

牧雲人

花与人

曾赏花无数
各有其优

曾阅人无数
各有其疵

花与人的共性
初见皆悦
细品乏味
唯有由眼入心者
方百读不厌
日久弥新

你是我入眼的花
入心的人
这一生，便对其他了无兴趣

秋丁香

在江南
如果，你错过了三月的烟雨
那么，何不
前来探望一束花弄秋风

我的书案蒙尘已久
琵琶闲置，奏不出清脆的音色
你来，今夜不吟诗唱曲
你有故事，我有酒

如若，你忘记了打伞
就请，不要来雨巷找我
那个清瘦的影子长满青苔
空手造访，我该如何倒叙当年

别跟我说
因为念旧而奢望光阴回流
时间最不经用
若能一别两宽，何必烈酒割喉

你的心思，我懂

故而绝不做倚栏蹙眉的怨妇

我只想与你相视一笑

尔后，平分秋色

栀子花又开

栀子花又开时，已然浅夏青
盈。我就守在她的身旁
为了一回甜蜜的花事
我的等待，充满期盼与快乐

盛开于晨风中的微笑
依然雪白，依然芳香如故
一如旧识的你
久别重逢，清纯且娇羞

轻曼摇曳，像极
梦中那个俏皮的身影
仿佛重温，旧时的情景
一切，那么熟悉
却又，那么陌生
在彼此的凝望里慢慢靠近

今又栀子花开
原来，都在……

牧云人

你的美，我懂

柳眉轻舒
时光荡漾一片清凉
风荷秀出夏韵
燕子成双

那窗前茉莉正香
那枕畔好梦恰长
你用裙裾兜住夕阳
指间，漏了星光

不经意回望
云烟断了柔肠
天涯莫及，海角苍茫
无端念想

你的美，我懂
若非，怎会心神不定
只一眼——
如此，念念不忘

清风明月

那月，温柔而明澈
走过天涯，走过万千山水
走过我的心窗

透亮的夜空
将一切，安排得井然有序
星子与花
达成某种默契
各自燃烧着各自的寂寞

月从容看我
像极，你于遥远投喂的目光
叫我身不由己地迎合
唇间的战栗，引申
一地早已乱了的方寸

就让风，来化解某个窘态
拂过眉眼之间
找回撒落的字句
便可与你，尽兴抒情

你是明月
我便清风

回响

一

我想用一首小诗
在你心里撞出回响
如呦呦鹿鸣

二

我放生的一朵云
一不小心
在你眼中下起了雨

三

我托风悄悄告诉你
今夜，你的窗
啊！月光

契约

我欲与

秋风签下契约

我赠她白云数朵

她予我——

梦漾星河

诗与歌

止水

我们不说秋天，不说
枯叶瘦草
我们不说天气，不说
流云远山
我们说一说——
黄昏的风，怎样
将一眸沉寂
吹皱

以青春之名

以青春之名
奔向大海与朝阳

以诗歌之名
写下欢乐与忧伤

以爱情之名
许下地老与天荒

以人性之名
甄别善恶与美丑

做最好的自己

山，不论有多高
你只管攀登
水，无论有多远
你只管跋涉

置身温柔的时光里
只须做最好的自己

用茵草芳菲的柔情
填充灵魂的温暖
用雨雪风霜的冷峻
淬炼躯体的筋骨
无须天降大任
但求阔达豪迈

用心与爱
写好每一首心灵的诗篇
用善与真
不负韶华

吻

将一份美好
栽种在文字里
施与情感的养分
让所有应有的颜色
如初见般温润

愿开在你目光上的花朵
留住一个不老的春天
愿夏雨的清凉
稀释白炽焦灼的苦闷
愿秋云的素雅
淡妆你碧水的初心

等一场久违的雪来临
我深情的吻
轻轻落在你软软的唇

鸟语忘忧

鸟，以歌的形式
抒发着多彩的心声
或清脆，或雄浑
或高亢，或低沉

林中的鸟语响起
世界安静下来
那拨动心弦的鸣啼
如天籁回旋
让灵魂愉悦地飘飞

我痴迷于鸟儿的歌唱
让心灵穿越多愁善感的时光
醉人的音符
将我带入无忧的海洋
徜徉，徜徉，徜徉

我有一本书（一）

我有一本书
一页页，一页页，一页页
春天的模样
斑斓着多彩的季节
似秋的叶
一片又一片，飘过蓝蓝的天

我有一本书
一行行，一行行，一行行
写满青春的歌
那歌声只管唱响，只管飞扬
从不问，有没有人知道
她为什么飞扬，为什么歌唱

我有一本书（二）

我有一本书
散发着青春的墨香
那是春天花朵盛开的模样
在我心房荡漾着幽幽的芬芳
弥漫在晴好的春夜
一阵阵于风中悠扬

我轻轻地翻阅它
就像重温我的快乐，抚摸我的忧伤
让镶嵌在书中的时光
给我温馨，治愈陈伤
将骄傲的灵魂插上飞翔的翅膀
向着心灵的牧场

牧云人

躲闪

不必躲闪，你的眼睛
分明流露着渴望
请不要，狠心扼杀

真情无法掩饰
犹如，那春天悄悄的脚步
婉转来回，燕语呢喃

躲闪，无济于事
倒不如大胆地盛开
你看，山坡上四月的蔷薇
层层叠叠，晃了谁的眼，牵动着谁的心

无花

时光凋零
如同，消隐的记忆

红尘的走向
导出一段生命的纵深
愤然，茫然，释然

似这落花
不可逆的宁静

茉莉

她在星空里入梦
我在月光下独醒

她梦见了三月的烟花
我将心雕刻成一朵香雪

春华

春天
其实是叛逆的
像极人生的某个时段
风吹得随意
花开得张扬
草长得疯狂
我站在这个春天
仿佛——
回到了当年的那个年纪
没羞没臊地
想你⋯⋯

浪花的旋律

那只是一朵浪花的跳跃

溪流依然是溪流

海，终究是海

当恢宏的生命乐章响彻云霄

时空，给予了足够的宽容

允许青涩的音符越位

成熟的过程是成长

人生的旋律

其实，只有一个方向

汇入历史的长河

奔向无边无际的远方

瘦菊

清瘦——
是一种先天的贵气
如深冬的菊
省略过多的枝叶
用丰富的内心
说话

有时

有时，天堂就像地狱
地狱就像人间
人间就像天堂

有时，报应就像因果
因果就像轮回
轮回就像报应

妙空

最妙的是——
三月烟花六月雨
八月飞黄十月雪
抬眼皆诗画
帧帧掳人心

最妙的是——
柳帘斜垂穿双燕
明月花前影无单
一眸烟火气
满怀胭脂香

成空的有——
流水落花终不返
光阴一去不回头
青丝染白霜
来去亦蹒跚

成空的有——
红颜终究归暮色

镜花水月无往生

功名随风散

利禄化云烟

滚滚红尘中，大千妙而空

第六篇　一念花开之祝福篇

饮马

疾蹄千里，我的马
踏过星空的边界
在一朵云飘落之前
闯进黎明

海的声音在远方回响
霞光如剑
劈开夜的封印
解救每一个溺水的灵魂

我在铺满青草的滩头
解甲饮马
风给了我温柔一吻
露水沾湿衣襟

不再做黑暗中的斗士
我愿是——
为你提笔写诗之人
牵马与卿，归隐山林

放生

这无声无形的桎梏
好比，一眼望不穿的牢

谁在酒肉里放纵
谁在绝望中哀号
谁在理想与现实的夹缝中煎熬
谁在一堆杂乱的文字间自嘲

听信，这人间辽阔
孰料，却让一生败给了山重水复
豢养的野兽已退化了爪牙
无一不变成交给命运待宰的羔羊
唯独忘了，将其放生

佛性，魔性，人性
无我与唯我将有我挤压变形
放尘世一条生路吧
将水还给水，将山还给山
将爱还给爱，将你还给你

风轻轻地吹

朦胧的月色里
那些花草在交头接耳

谁能做到心如止水
那海，早已波澜泛滥

一棵树的修行与沉稳
也禁不住，这风轻轻地吹

桃花开时

桃花开时，春便有了颜色
一冬的沉寂与等待
迎来了梦寐三月的模样
风，唤醒消沉的意志
雨，滋润失血的肌肤
和煦的阳光，放射出多姿的光芒

我借春风之名，问候故人
将一碗花下之酒一饮而尽
醉于十里芳菲
看花间绰影翩翩起舞
往来的蜂蝶编织一匹匹锦绣
桃花之姿，笑于春风
桃花之魂，耀于春光
我已然身处图画
浪荡于这繁花似锦的春晖里
做一回买醉寻诗的逍遥客

桃之夭夭，灼灼其华
于浩荡春风里奏响人间福音

闭目闻听，馨香心脾
我愿与之厮守
迷恋红尘俗世
剪一段锦绣光阴收藏于心
揣一怀幽香于岁月踏歌而行

牧云人

岁月如歌

我总在梦里徘徊
逃不出的旋涡
离心力与引力的双重作用
欲将我的灵魂撕裂

生活，总带给我真实而虚无的假象
到达不了中心点
触摸不到边际线
我在一种空洞中悬浮

知道你的痴心无瑕
也懂得你的爱如春风
我无数次将花开的样子仔细描绘
你却说我的春天总是若隐若现

时光终将包容所谓的对错
只是，我们总在把自己折磨
岁月是一首深情的歌
你一路唱，我一路和

王的背影

牵着影子走在月地里
风一笑而过
夜色半遮半掩
几点灯火神情暧昧

有人的梦是醒着的
像月下花
我的诗徘徊在洞房之外
窥不见一帐春色

失意的不是那个弄墨之人
如果文字能翻云覆雨
他一定是孤傲的王
俯视这个喧嚣不堪的尘世

没有人能走进他的内心
他留给你的
只有那道陡峭的背影

轻轻

是怎样的一种轻，轻到
无声
那些岁月
都不曾荒芜
被时光的犁铧，反复
翻种过的生命
收获快乐与疼痛
同时，塑造着对人生的领悟
残缺即是完整

时间与心灵
做到了最完美的磨合
无谓好坏
经历过，便都是淡淡的回忆

风云来去
将世间的万钧之重，轻描淡写
花叶的兴衰
昭示了生生不息的轮回
如同，人的一生

本就是从无到有

然后，由有归无的过程

一切，被轻轻拿起又轻轻放下

梦随云起
——《牧云人》后记

"风拂过草原，心儿，响起马蹄声。"时光不经意地流淌，思绪在经年累月中日趋丰富，一些梦想亦让我看到生命的意义。"我是沧海桑田的巫山云雨，我是天涯海角的云卷云舒。"即便红尘多烦恼，我们仍可以将忧伤挡在心外，靠诗呼吸，做个悠闲的牧云人。

十几岁时，我便执笔写诗。父母给我创造了一个温暖的天地，让我可以自由地读书、写作，追逐繁星，"向生向自由，向爱与执着"。我的父亲袁泉先生亦是我文学路上的启蒙导师，从记事起，他就是一位敏而好学、孜孜不倦的诗人、作家。受其熏陶感染，我也成了一个挚爱文字之人。三十余年的勤学苦练和摸爬滚打，我的诗集终于接二连三地问世。如与我有着不解之缘的孩子，当她降临世间的那一刻，我的心满是激动、忐忑和感动。"心中有爱，眼中有光"，才能在尘世间"相视而笑，拥抱心中的地久天长"。

"宇宙是孤寂的／不信，看那星／张望许多年／依旧，走不出／各自的远。"多少个夜晚，我遥望星空，想念心中的他和她。身在凡尘，钟爱餐云卧石。体会了孤独、彷徨、沮丧，我依旧试图放下，用诗治愈心灵。每一篇诗作，都是我精心孕育的孩子，她们教会我自由、快乐和感恩。"月光下，我侧耳倾听／都是你的声音。"世外，我感知到了你，还有我们寄予的许许多多的愿望。这些诗徘徊在我的岁月里，根植于我的生命，让我"看清道路与未来的方向，把所有美丽的风景悉心收藏"。

"我是那个想与被想的人／在一个交叉点／你成了我天涯的星／我做了你放飞的孔明灯。"这部诗集献给我的父母以及所有亲友，他们用爱时时唤醒我诸多美好记忆，给予我无限的创作灵感。《牧云人》也是我前半生的一个总结和见证，她更是自我的一次深刻革命。当我站在半山腰遥望过去时，我的心亦如飘于天空的云朵，自由地翱翔。"烟火人间事，戏里戏外人"，"生命创造生活，生活演绎人生"。而我愿做放牧白云之人，以真性情演绎精彩人生，把每一天当作生命里最美好的一天来书写。

"你不必对我说／要去追求别样的人生／我只想／余生／能有秋云的宁静／秋水的清澄。"当我在孤独中安静地与诗歌待在一起时，我感受到了落日与朝霞的美好，更体会到大海与星空的辽阔。我感谢上苍，多年来我一直卑微、黯淡而渺小，但我的内心高贵、自由而广阔。借助诗歌的翅膀，我一次又一次地飞向远方，抵达我心中无数的彼岸和浪漫。

"该如何落笔／写一帧淡雅悠远的意境／风太疾，云太轻／我怕一挥而就／少了墨色的厚重跟底蕴。"言有长短，意难尽。那年秋，我在故乡，抬头仰望深邃的夜空，忽然意识到，人可以逃离世俗，但不能熄灭内心的灯火。从此，我更加努力地生活，将诗歌作为最终的情感皈依，以最虔诚的心态做戏里戏外人。

感谢著名作家贾平凹先生题写书名！感谢中国作家协会会员、恩师曾令琪先生为此书作序！感谢夜鱼老师、孙丽兰编辑、熊颖编辑、余聪慧编辑，是他们的关注、共识和支持使我的这部诗集得以结集出版。同时还要感谢汉口学院董事长及校长罗爱平教授、吴怀宇教授、王鹤教授、程光文教授以及我的家人袁泉先生、方瑞兰女士、刘超班先生、刘庆元女士、欧阳岚女士、袁炬先生、袁烨先生、袁弘宇小朋友，多年来是他们对我的支持和帮助，使我得以拥有安稳的工作和生活，从事写作。本书出版亦得到汉口学院教学改革与建设项目支持，特此致谢。

年少时开始写诗，而今往事已为尘烟。多年来，我一直徜徉于一个精神世界，从现世归于世外，从世外照进现实，恍如梦境。尽管生命终将如尘土般归于大地，但我们

后记

无须悲观。正如诗中所言："置身温柔的时光里／只须做最好的自己"，"用心与爱／写好每一首心灵的诗篇／用善与真／不负韶华"。在人生的长河中，让我们的诗句化作永恒，点亮每一个平凡的瞬间。

袁灿

2024 年 7 月 26 日于汉院 305